달처럼 동그란
내 얼굴

미레유 디스데로 글 | 유정민 옮김

담푸스

\

누구나 내면 깊숙한 곳에 자기만의 세계가 있다. 초대 없이는 아무도 접근할 수 없는 그런 세계. 누구에게나 남들 눈에는 볼품없지만 애지중지하는 이 빠진 그릇, 낡아 빠졌어도 입었을 때 편하고 진짜 내가 된 듯한 느낌을 주는 오래된 티셔츠 같은 게 있다. 그러나 자신에게만 특별한 그 낡은 티셔츠를 입은 모습을 다른 사람에게 들킨다면 우리 마음은 불편해지고 평소 이미지도 타격을 받는다.

나와 같은 층에 사는 클레망은 우리 또래가 아니었다. 스물다섯 살인 그는 늘 멋지게 차려입고 미소를 띠고 다니며 많은 소녀들의 마음을 흔들었다. 그런데 어느 날 밤 나는 그와 마주치고도 알아보지 못할 뻔한 적이 있다. 그날은 학교 수업을 마친 뒤 클레르와 함께 영화를 보고 평소보다 늦게 귀가했고, 밤이 깊어 클레르 부모님이 집까지 데려다주었다. 자정 직전, 엘리베이터 앞에서 클레망과 마주쳤을 때 나는 내 눈을 의심했다. 클레망은 낡아 빠진 운동복을 입고 면도도 제대로 안 한 데다 손에는 물병을 들고 목에 수건까지 두르고 있었다. 그는 내 시선을 피했다. 키가 180센티미터나 되는 클

달처럼 동그란
내 얼굴

달처럼 동그란 내 얼굴

초판 1쇄 펴낸날 2018년 1월 25일
초판 5쇄 펴낸날 2020년 7월 17일

미레유 디스데로 글 | 유정민 옮김
펴낸이 이종미 | 펴낸 곳 담푸스 | 대표 이형도 | 등록 제395-2008-00024호
주소 (우)10881 경기도 파주시 회동길 219, 4층
전화 031)919-8510(편집) 031)907-8512(마케팅) 031)919-8511(주문관리) | 팩스 0303)0515-8907
메일 dhampus@dhampus.com | 홈페이지 http://dhampus.com | 인스타그램 @dhampus_book

편집 김현정 | 마케팅 윤정하 | 경영지원 김지선 | 디자인 박정현

ISBN : 978-89-94449-90-6 43860

이 도서의 국립중앙도서관 출판예정도서목록(CIP)은 서지정보유통지원시스템 홈페이지
(http://seoji.nl.go.kr)와 국가자료공동목록시스템(http://www.nl.go.kr/kolisnet)에서 이용하실
수 있습니다.(CIP제어번호: CIP2017033382)

레망이었지만 그때만큼은 아주 작아 보였다. 우리는 아무 말 없이 위로 올라갔다. 마치 내가 은밀한 범행 현장을 목격한 듯한 분위기였다. 클레망은 건물 맨 위층에 있는 헬스클럽에 가는 길이었다. 이렇게 늦은 시간에 아무도 자신의 흐트러진 모습을 볼 리 없다고 생각했는데 내가 나타나고 만 것이다. 그때 내 눈에 비친 클레망은 딸기코를 단 어릿광대 같은 모습이었다. 평소 클레망은 여자들 사이에서 소문난 매력남이었다. 클레망이 100미터 앞에만 나타나도 호들갑을 떨어 대는 클레르는 말할 필요도 없고, 심지어 우리 엄마까지 그를 눈여겨보았다.

클레망이 자기 혼자만의 시간이리라 예상했던 순간에 나는 그와 마주쳤다. 그리하여 의도치 않게 금지된 문을 열고 그만의 은밀한 방으로 들어갔다. 그렇게 나는 클레망의 이미지를 산산조각 냈고, 그도 그것을 알았다.

내 이미지로 말할 것 같으면, 참으로 변화무쌍했다. 특히 최근 몇 년 동안은 내 이미지가 완전히 망가져 없어진 것처럼 느껴졌다. 나는 열아홉 살로 오늘 고등학교 3학년이 된다. 이제 나는 다른 사람들이 나를 어떻게 보느냐와 상관없이 내 모습을 있는 그대로 받아들이기로 했다. 물론 이렇게 결심하기까지 나 역시 힘겨운 시절을 거쳐야 했다. 중학교 2학년부터 수년간 비난과 공격 그리고 환멸이 나와 함께했다.

아마도 여러분 중 누군가는 내가 어떻게 여기까지 왔는지 궁금하리라고 생각한다. 그래서 지금부터 내 이야기를 한번 해 볼까 한다.

2

중학교 2학년 초부터 고등학교 2학년 말까지 무려 4년 동안 내가 은밀히 간직했던 대상은 내 이름이 새겨진 이 빠진 그릇도, 내 몸에 편안하게 맞는 넉넉한 사이즈의 티셔츠도 아니었다.

내 비밀이자 수치스러운 고민거리는 바로…… 음식과 몸무게였다. 중학교 2학년 때 몇 달 사이에 키가 5센티미터나 자랐는데, 당시 나는 배가 고프지 않아도 늘 먹을 것을 입에 달고 살았다. 그리고 언제부턴가 먹는 게 일종의 강박이 되어 버렸다.

늘 뭔가를 먹고 있다는 것을 들키지 않기 위해 숨어서 음식을 먹기도 했다. 하지만 곧 내 외모에서 진실이 드러나기 시작했다. 내 이미지도 망가져 버렸다. 살이 찐 것이다.

"토실토실하네."

어느 일요일, 할머니 댁에 가족들이 모여 식사하는 자리에서 알베르 삼촌이 나를 보며 웃는 낯으로 말했다. 알베르 삼촌은 내가 가장 좋아하는 사촌인 카렌의 아버지다. 정확히 표현하자면 나는 비만이 아니라 단지 조금 통통할 뿐이었다. 그럼에도 내 몸에 붙은 몇 킬로그램의 군살로 고통 받기 시작했다. 왜냐하면 나는 남들의 시선을 과도하게 의식하는 열다섯 살 사춘기 소녀였기 때문이다.

집어삼키다.

들이마시다.

갉아 먹다.

축적하다.

먹어 치우다.

음미하다.

이 중 잘못된 행동은?

내 경우에는 키와 식욕이 함께 자랐는지도 모르겠다. 아무튼, 간식거리에 관한 한 전문가가 된 나는 학교에서 집으로 오는 길에 감자칩 몇 봉지를 사 들고 오곤 했다. 부모님이 돌아오는 저녁 8시 이전에만 가능한 일이었다. 학교 선생님인 엄마는 수업을 마치면 화실에 들렀다가 야근하는 아빠를 마중하러 갔다. 나는 눈에 띄지 않고 몰래 간식을 사기 위해 구입 장소를 자주 바꿨다. 특히 알베르카 뒤 거리에 있는 작은 슈퍼는 가면 안 되는 곳이었다. 엄마가 우리 가족과 오랫동안 알고 지낸 슈퍼 주인아저씨에게 내 비밀을 폭로해 버렸기 때문이다.

"내 딸은 늘 먹어요!"

무엇을 먹는다는 목적어가 생략된 그 문장은 마치 이와 비슷한 느낌을 풍겼다.

"도와주세요, 아저씨. 우리 딸이 마약을 해요, 술을 마셔요, 담배를 피워요!"

내 몸무게에 대한 엄마의 근심이 너무나도 깊어 보였기에 슈퍼 아저씨는 엄마에게 말도 안 되는 해결책을 제시해 주었다. 부엌 찬장에 자물쇠를 달아서 내가 군것질거리에 접근하지 못하게 하라는 얘기였다.

여하튼 이 일이 있은 뒤로 그 슈퍼에서는 음식물 비슷한 것은 절대 살 수 없게 되었다.

아빠로 말할 것 같으면, 우연치고는 기막히게도 과자 회사의 인사과장을 맡고 있다. 한편 미술 선생님인 엄마는 내 이름과 똑같은 화실을 운영하고 있다. 렘브란트의 첫 번째 부인 이름이기도 하다. 우리 부모님이 앞날을 내다볼 수 있었다면 내 이름은 세실리아였을 텐데. 세실리아는 화가 페르난도 보테로의 두 번째 부인 이름인데, 보테로는 모든 사람을 통통하게 그렸다.

어느 날 아침, 새 모이만큼 차려진 아침 식탁 앞에서 나는 허기에 허덕이고 있었다. 부엌에서는 아직도 토스트 냄새가 진동했다. 그때 내 이름에 진절머리가 날 만한 사건이 발생했다. 나는 식탁에 팔꿈치를 얹고 턱을 괸 채 의자에 축 늘어져 있었다. 그러자 아빠가 내게 목소리를 높였다.

"팔 치워라, 사스키아!"

아빠가 똑똑히 강조하면서 부른 내 이름이 머릿속에 못처럼 박혔다. 나는 아빠에게 촌스러운 이름 때문에 엄청난 스트레스를 받고 있다며 불평을 늘어놓았다. 그러자 엄마는 아빠 편을 들면서 나를 나무랐다.

"사스키아, 아빠한테 무슨 말버릇이니? 목소리 낮춰라. 이런 버르장머리는 어디서 배운 거니?"

"나를 무시하지 않는 곳에서 배운 거죠."

그러자 아빠가 다시 말을 받았다.

"사스키아, 그만해라. 네 이름이 얼마나 예쁜데 그러니? 너랑 정말 잘 어울리고……"

나는 이 말에 폭발했다.

"사스키아? 감동이네요. 차라리 안젤리나나 세레나라고 하지 그러셨어요? 미국 여신들 이름 중에서 잘 골라 보시지. 품격 있게! 제 이름이 얼마나 우스꽝스러운지, 들을 때마다 기운이 빠진다고요. 애초에 이 이름을 호적에 올리지 말았어야 했어요. 쪽팔리니까."

나는 벌떡 일어나면서 설탕도 넣지 않은 채 마시고 있던 차를 엎었다. 그리고 부엌 유리문을 쾅 닫고 나가서는 위층으로 올라가 내 방문도 쾅 소리가 나게 닫았다. 내가 전부터 누누이 강조했던 사실을 부모님이 잊지 않도록 다시 한 번 일깨워 주기 위해서였다. 바로 내가 청소년이고, 이 세상에서 행복하지 못하다는 사실을.

나는 내 방에게 긴히 할 이야기가 있었다. 그건 마치 이웃 클레망이 자신의 진짜 모습을 꾸밈없이 이야기하는 것과 같았다.

나는 침대에 푹 파묻힌 채 벽에게 얘기하기 시작했다. 혹은 벽에 붙은 포스터 속 가수 톰 오델에게 얘기하고 있었는지도 모른다. 적어도 그는 나를 화나게 하지는 않으니까.

"나는 내 이름이 정말 싫어. 내 버스 카드, 신분증, 도서관 출입증 모두에서 그 이름을 지워 버리고 싶어. 그리고 어디론가 사라져 버리고 싶어. 그림자가 되었으면 좋겠어. 잠깐. 그림자?"

나는 각도나 계절에 따라 그림자가 길어지기도 하고 가늘어지기도 하는 것을 떠올렸다. 그림자도 날씬해질 수 있는데 왜 나는 못 그럴까?

거기까지 생각이 미치자 나는 그만 오열을 터뜨렸다. 눈물이 끝없이 흘러나와 베개를 적셨다. 이런 내 모습을 절대 엄마, 아빠에게 들키고 싶지 않았다. 하지만 그들은 내 방문을 탬버린이라도 되는 양 마구 두드리고 있었다.

"사스키아!"

나는 문을 두드리는 소리도, 빛나는 내 이름도 듣고 싶지 않았기에 이어폰을 끼고 음악을 틀었다. 그리고 고막이 터질 만큼 볼륨을 높였다. 집 전체를 뒤흔든 혼돈에서 도망쳐 온 그 공간에는 오직 아이팟에서 흘러나오는 톰 오델의 목소리와 나만이 존재했다.

> 밤을 지새우기에는 너무 지쳤어요.
> 나는 울고 싶고 사랑하고 싶지만
> 내 눈물은 말라 버렸어요.*

나는 내가 엄마, 아빠에게 심하게 굴었다는 것을 알고 있었기에 죄책감을 느꼈다. 하지만 그들이 열다섯 살 청소년으로 사는 게 얼

---

*톰 오델의 앨범 〈Long Way Down〉(2013) 중 〈Another Love〉의 가사.

마나 힘든 일인지 알았으면 했다.

내 삶이 매일같이 얼마나 나를 지치게 하는지, 심지어 한밤중 꿈 속에서까지 나를 붙들고 괴롭히는지를 그들이 알았으면 했다.

3

중학교 2학년 때부터 집에 혼자 있는 시간이면 나는 끊임없이−시험 준비를 하면서도, 텔레비전으로 〈트루 블러드〉 마지막 시즌을 보면서도, 종이 뭉치와 오려 낸 사진들로 난장판이 된 책상을 정리하면서도−먹었다. 특히 학교에서 오랫동안 수업을 듣고 돌아온 뒤에는 지친 마음을 누그러뜨리기 위해 다급히 먹을 것을 찾았다. 때로는 서두르지 않고 여유롭게 먹기도 했다. 감자칩을 먹을 때 혀에 닿는 소금의 맛과 바삭 하고 부스러져 입안에서 서서히 녹는 식감을 음미하면서 말이다. 그럴 때면 과자 봉지를 손에 들고 내 방 창문 밖을 내다보면서 상상의 나래를 펼치곤 했다. 나는 거리와 그곳을 지나다니는 사람들을 관찰했다. 위에서 내려다보면 평소에 보지 못했던 게 보이기도 한다. 예를 들어 어떤 사람의 벗어진 정수리 같은 것 말이다. 뭔가를 먹을 때면 마음이 점점 편안해졌다. 아마도 음식을 삼키면서, 내가 더 이상 어린아이가 아니라는 사실과 어른이 되어야 한다는 사실에서 오는 두려움을 삼켰던 것 같다.

과자를 다 먹고 나면 엄마, 아빠에게 들키지 않기 위해 쓰레기 처리장으로 이어지는 투입구에 봉지를 버렸다. 나는 내 방 안에 은밀한 저장고도 마련해 두었다. 바로 책장 안쪽의 빈 공간이었다. 그곳에 둔 음식들은 워낙 빠른 속도로 사라졌기 때문에 개미가 꼬일 염려도 없었다. 시간이 지날수록 먹는 것에 대한 나의 집착은 점점 커져만 갔다. 아니, 나 자신이 점점 커져만 갔다.

나는 이것이 단지 청소년기에 나타나는 일시적인 현상일 뿐, 지속되지는 않으리라 생각했다. 마치 장기 흡연자처럼 나는 매일 결심했다. 내일부터는 그만 먹어야지. 하지만 늘 다짐으로 끝나곤 했다.

내가 진정으로 굳은 결심을 하고 변화를 시도한 것은 블레즈파스칼 고등학교 2학년을 마칠 무렵이었다.

어떻게 성공했냐고?

그 대답을 하기 위해서는 이제부터 진지해져야 한다. 나는 고집이 무척 세기 때문에 아빠는 나와 대화할 때면 늘 곤란을 겪곤 했다. 연장자를 대하는 예의범절에 관해 이야기할 때면 더 그랬다.

"알겠어요, 아빠. 예의범절은 필요하죠. 하지만 모두에게 적용되지는 않아요. 잘 생각해 보세요."

"넌 무례하고 고집불통인 면을 고쳐야 해."

하지만 내 이런 고집은 한번 결정을 내린 뒤 어떤 어려움이 닥치더라도 굴하지 않고 그것을 끝까지 밀고 나가는 데는 아주 유용했다. 나는 바로 이러한 성격을 이용해서 몸무게 문제를 해결했다. 물론 바로 해결하지는 못했다. 잘 알다시피 살을 빼기란 그리 쉬운 일이 아니다! 나는 스스로에게 여러 번 경고장을 날렸고, 본격적으로 행동에 들어가기까지 아주 오랜 시간이 걸렸다.

무려 4년이라는 시간이.

살을 빼겠다고 굳게 결심하고 실행에 옮기기까지 나는 몇 차례 충격적인 사건들을 경험했다. 우선은 시련을 견뎌야 한다. 마치 권투 경기에서 상대가 나를 먼저 공격해 오는 것과 같다. 한 대 제대로 맞고 나면 온몸에 통증이 퍼지고, 나를 때린 상대를 증오하게 된다. 하지만 바로 다음 순간 크나큰 평온이 찾아온다. 일종의 해방감인데, 이것이 잠시나마 우리를 자신으로부터 그리고 고통으로부터 벗어나도록 해 준다. 바로 그 순간, 우리는 이를 악물고 고통을 이겨 내는 법을 배운다. 그리고 나면 우리가 마주한 상대와 그의 시선을 분별할 수 있게 된다. 자신의 숨소리에 귀를 기울이고 다시 숨을 고른다. 더 이상 고통을 느끼지 않는다. 새로이 한 발짝 내디디면서 다시 싸울 태세를 갖춘다. 진짜 경기는 이제부터 시작이다.

이렇게 고통에 면역이 생기면서 공격을 되풀이한다. 고통은 더 이상 우리에게 상처를 입힐 수 없기에, 우리는 다시 일어서서 불도 저처럼 앞으로 나아간다.

바로 이것이 내게 일어난 일이다.

난폭하고 무자비한 최후의 일격이 마지막 라운드의 링 위에서 나를 밀어붙였지만, 나는 특유의 고집으로 이를 악물고 버텼다. 그리고 혼신의 힘을 다해서 마지막 순간까지 싸웠다.

4

내가 살이 찌고부터 과식은 적절치 못한 일로 받아들여졌다. 심지어 엄마, 아빠와 영양사가 한 팀을 이뤄 내게 과식을 금지했다. 영양사 그리고 나를 어릴 때부터 봐 온 의사 선생님은 이 문제를 청소년기의 **급격한 성장**과 연결 지었다.

그러나 그들 중 누구도 적절한 식단을 유지하고 꾸준히 운동하라는 조언 외에는 뾰족한 해결책을 내놓지 못했다. 실제로 아파트 꼭대기 층에 있는 헬스클럽에서 운동하는 것은 하나의 좋은 방법이었다. 나는 그곳을 좋아했다. 큰 창으로 엑상프로방스 지역이 훤히 내려다보였고, 음악을 들으며 혼자 있기에 그만인 공간이기도 했다.

당시 엄마가 근무하는 학교에서 학생 상담을 맡고 있던 한 심리학자는 내가 살집을 방패 삼아 몸무게 뒤로 숨고 있다고 설명했다. 그의 말에 따르면 나는 진짜 내 모습을 숨기고 있었다. 그러한 분석은 약간 엇나가긴 했지만 아주 틀린 것은 아니었다. 어른이 된다는 사실, 특히 여성으로 자라야 한다는 사실이 내게는 전혀 달갑지 않았기 때문이다. 나는 앞뒤로 굴곡이 없는 여자아이의 몸을 했던 어린 시절이 훨씬 좋았다. 그때는 곁눈질하는 남자애들을 신경 쓸 필요도 없었으니까. 성인 여자가 된다는 건 무엇을 의미하는 걸까? 여하튼 나는 그게 별로 좋아 보이지 않았다. 아, 육체는 슬프도다! 나는 책이란 책을 모조리 읽었다.* 감사합니다, 말라르메 작가님. 당신의 시가 나 자신에게서 멀리 떠날 수 있는 구실을 주었어요. 그러나 내가 모든 책을 읽는 일은 현실적으로 불가능해 보였다.

중학교 2학년 시절, 몸무게 뒤에 숨어 있던 나는 아직 내가 누구인지 몰랐던 것 같다. 하지만 내가 절대 되고 싶지 않은 것이 무엇인지는 알고 있었다. 어색하게 웃고 있는 잡지 속 바비 인형 같은 여자. 이런 여자들은 허상일 뿐 실제로 존재하지 않는다. 그건 단지 포토샵으로 만들어 낸 이미지에 불과하며, 그들도 사적인 공간에서는 허름한 신발을 신고 우울증에 걸린 마네킹처럼 돌아다닌다. 마치 내 이웃 클레망이 아무도 자기를 보지 못하리라 여기고 전혀 꾸미지 않은 모습으로 있었던 것처럼 말이다. 물론 내 추측일 뿐이지만. 아무튼 실제로 몇몇 바비 인형 같은 여자들이 옷가게를 지배한다.

---

*스테판 말라르메, 「바다의 미풍」, 『시집』.

당시 나는 그런 여자들을 대할 때면 자신감이 떨어지곤 했다. 미리 마음의 준비를 하지 않고서는 옷가게에 들어서지도 못했다. 그리고 옷가게 안에서는 고개를 꼿꼿하게 치켜든 채 나를 훑어보는 시선들을 애써 무시하면서, 단지 겉모습으로 남을 섣불리 판단하려는 사람들에게 속으로 외쳤다. '나는 사스키아 테녜. 나도 다른 사람들처럼 이곳에 있을 권리가 있습니다.'

지당한 말씀이다. 그러나 나는 외모에 한창 신경 쓸 나이에 살이 쪄 버린 상태였고, 몸무게는 내 자아 인식을 망가뜨렸다. 어느 날 체육 시간에 평가라도 하듯이 나를 곁눈질하던 사촌 카렌(나와 동갑이다)이 내게 손가락질하며 말했다.

"우리 또래 여자애들 중엔 비쩍 말랐는데도 가슴이 갑자기 확 커져서 뚱뚱해 보이는 애들도 있던데, 불쌍한 사스키아, 너는 답이 없다."

오오, 카렌. 카렌은 악의는 없었지만 듣는 사람의 기분을 헤아리면서 말하는 법을 몰랐다. 나는 카렌의 성격을 잘 알고 있었기에 화를 내지 않았다. 사실 카렌이 한 말이 틀린 말도 아니었기에 나는 그녀와 함께 내 신세를 한탄하면서 웃기까지 했다. 지금은 내 문제를 가볍게 받아들일 수 있다. 하지만 그렇게 되기까지 나의 몸무게는 수년 동안 내 삶을 암흑 속에 가두었다. 내 몸은 내게 어떤 존재였을까? 내가 숙명처럼 지고 가야 하는 포탄 같은 존재였다. 그 포탄 역시 존재할 권리가 있었지만, 그것은 나를 뭉개 버릴 수도 있었다.

그 상태로는 아무리 내 이미지를 바꾸어 보려고 해도 오래가지 못했다. 나는 곧 나 자신을 증오하고 스스로의 이미지를 거부하곤 했다.

그게 내 현실이었다.

내 머릿속에 있는 나의 이미지는, 일상에서 마주치는 대부분의 사람들이 나에 대해 생각하는 것과 달랐다. 그리고 그 차이는 매우 컸다. 하지만 어떻게 다른 이들에게 그걸 설명해 줄 수 있을까? "아시겠지만, 여러분이 보시는 건 진짜 제가 아니에요. 겉모습에 속으시면 안 돼요."

ㅎ

중학교 2학년 때였다. 1월의 어느 월요일, 첫 수업 시작 전이었다. 우리는 교실 밖에서 추위에 발을 동동 구르면서 프랑스어 선생님을 기다리고 있었다. 내가 제대로 한 방 얻어맞은 것은 바로 그때였다. 그 사건은 내게 큰 깨달음을 주었다.

나는 그때 일어났던 일을 작은 부분까지 생생히 기억한다.

모르와 에스테렐 산맥으로 과학 현장 실습을 나갈 인원을 확인하면서 반장 케빈이 내 이름을 '사스키아 베녜Beignet(베녜는 도넛과 비슷한 튀긴 빵—옮긴이)'라고 불렀다. 순간, 나는 내 귀를 의심했다. 내가 대꾸하지 않자 그는 내 눈을 똑바로 보며 다시 한 번 말했다.

"사스키아 베녜."

혼란의 소용돌이가 내 몸을 감쌌다. 몇몇이 킥킥거렸고 몇몇은 내 시선을 피했다. 전학생 히데토시는 싸한 분위기를 무마하려 담배를 꺼내 물고는 하늘로 연기를 뿜었는데, 교내에서는 절대 금연이라는 교칙을 모르는 모양이었다. 나는 케빈이 한 말이 무슨 뜻인지 못 알아들은 양 정면으로 시선을 고정하고 있었다. 마침내 추위로 코가 빨개진 선생님이 검은색 책가방을 들고 나타났다.

"히데토시, 당장 담배 꺼라!"

그 덕분에 모두가 방금 일어난 사건을 곧바로 잊었다. 나만 빼고. 나는 꼼짝도 하지 않은 채 그대로 서 있었고, 목구멍에선 아무런 소리도 나지 않았다. 내 삶이 이제 막 둘로 조각 난 기분이었다.

난 원래 '사스키아 테녜Teignet'였다. 수백 명의 여학생 사이에서 그다지 눈에 띄지 않는 **평범한** 소녀. 하지만 그 순간부터 나는 사스키아 베녜가 되어 교내에서 가장 보잘것없고 관심 가질 필요도 없는 무리에 속한 뚱보가 되었다. 열외로 쫓겨난 셈이다.

어느 반에나 뚱보가 있다. 너무 소심한 남학생이라든지 얼굴이 여드름으로 뒤덮인 아이, 지나치게 촌스러운 옷을 입는 여학생과 함께 놀림감이 되는 뚱보 말이다. 내가 너무 단순화했는지도 모르지만 대충 말하자면 그렇다.

청소년이란 눈 대신 미사일과 레이저를 지닌 존재들이다. 이들의 은밀한 목표는 앞선 어른들이 도달하지 못했던 완벽함에 도전하는 것이다. 난 그 점을 알고 있었다. 왜냐하면 나도 그 일원이었으니까…… 나는 스스로에게 가혹해졌다. 청소년 세계에서 통통하다는 것은 중대한 결함이자 비난받아 마땅하며 변명의 여지도 없는 일이었다.

그러나 내가 살을 빼기로 결심한 계기는 이 첫 번째 사건이 아니었다.

요컨대 나는 이날부터 손쉬운 공격 대상으로 인식되었다. 나는 완벽과는 거리가 먼 존재였기에, 훗날 고등학교에서 비슷한 일이 닥쳤어도 이상할 게 없었다.

6

나는 미소를 지어내야 했고, 무장해야 했으며,
그 속으로 숨어야 했다. 나와 세계 사이에 무언가를 두어
내 상처를 가려야 했기에 나는 가면을 쓰기 시작했다.
−에밀 시오랑, 『노트, 1957~1972』

재난 영화에 나오는 천재지변 같은 상황을 제외하면 불운은 어느 날 갑자기 날벼락처럼 닥치지 않는다. 나는 하루아침에 뚱보가 되지 않았다. 거울을 보면서 조금씩 내 몸이 변하고 있다는 사실을 확인해 왔다. 때때로 정체성의 혼란을 겪기도 했다. 거울 속의 모습은 내가 알고 있던 나와 달랐다. 낯선 사람인데 막연히 친숙하게 느껴지는 누군가를 보는 것 같았다고나 할까. 그 모습을 보고 있자면 기분이 나빠져서 눈을 감아 버릴 수밖에 없었다. 나는 근시다. 그러나 '사스키아 베네' 사건 이후로는 더 이상 안경을 쓰지 않았다. 낯선 이처럼 보이는 나를 마주하고 싶지도, 또 나를 비난하는 다른 이들을 마주하고 싶지도 않았기 때문이다. 흐릿하게 세상을 본다는 것은, 내게 주어진 선명한 현실의 윤곽을 거부함으로써 현실을 부정하는 한편 행동해야 할 순간을 미룰 수 있게 해 주었다. 더 이상 입을 수 없는 청바지와 같이 명백한 징후들이 나타나기 시작했음에도 나는 1월의 그날 이전까지는 나 자신이 뚱뚱하다는 사실을 받아들이지 못하고 있었다. 어쩌면 나는 케빈에게 감사해야 할지도 모른다.

처음에는 아무도 나를 돕지 못했다. 부모님도, 영양사도, 내 또래 여자애들도. 사실 나는 **평범한** 청소년기를 보내는 다른 아이들의 삶을 보면서 스스로를 매력적인 백조들 사이에 낀 미운 오리 새끼 같다고 느끼곤 했다. 몸무게의 변화는 저주스러운 일이었고, 매일 체중계 위에 올라설 때면 꼭 교수대에 선 기분이었다. 내 몸무게 때문에, 남들의 시선을 떠나서 스스로도 충분히 고통 받고 있었다.

살이 찐 내 모습에 남자애들이 어떻게 반응했는지는 굳이 언급할 필요도 없을 테다. 살이 찐다는 건 가슴이 허전해지는 것이고, 누구도 당신을 원하지 않게 되는 것이다. 내 몸무게의 변화를 알아차리지 못하거나 굳이 관심을 보이지 않는 애들은 손에 꼽을 정도였다. 나머지 애들에게 케빈 사건 이후 나는 그저 사스키아 베녜일 뿐이었다.

상황 종료.

이로써 내게 먹을 것을 밝힌다는 의미를 담은 별명이 생겼다. 사실 난 베녜를 좋아한다. 그래도 이건 아니잖아…… 음식을 향한 나의 멈출 줄 모르는 욕구에 대해서는 변명의 여지가 없다. 나는 어려서부터 만족할 줄 모르는 아이였다. 식탐이 많다고 한다면 맞는 말일 수도 있다. 하지만 내 욕구는 먹는 것에만 국한되지 않았다. 나를 사로잡는 책을 발견하면 마지막 책장을 넘길 때까지 손에서 놓지 않았다. 음악은 또 어떤가? 마음에 드는 노래를 발견하면 질릴 때까지 끊임없이 반복해서 들었다. 이렇게 나는 모든 면에서 시작을 하면 반드시 끝장을 보는 성격이다. 나는 그런 아이다.

ㄱ

클레르를 알게 된 것은 '사스키아 베녜' 사건이 일어난 다음 달이었다. 그때 나는 한창 영화에 빠져 있었는데, 팀 버턴 감독의 최신작을 보려고 영화관에서 줄을 서 있다가 그 애를 만났다. 우리는 한 반이었지만 그때까지 한 번도 대화를 나눠 본 적이 없었다. 우리는 영화 이야기로 말문을 열었다(〈헝거 게임〉, 〈다이버전트〉, 〈밀레니엄〉, 〈프로메테우스〉, 〈블랙 스완〉, 〈내 마음을 읽어 봐〉, 〈뷰티풀 크리처스〉 등등). 그리고는 영화 목록을 찾고 사진을 저장하고 우리가 좋아하는 배우들(뱅상 카셀, 누미 라파스, 레아 세두 등등)의 약력을 검색하는 데 유용한 인터넷 사이트 정보를 교환했다.

"사스키아, 뱅상 카셀이 반 고흐 자화상이랑 닮은 것 같지 않아?"

"정말 그러네."

우리는 취향이 잘 맞았다. 기적 같은 일이었다. 지겨운 일상만 반복되던 중학생 시절에 일어나리라고는 기대도 못 한 일이었다. 시간이 지날수록 클레르와 나는 점점 더 서로 잘 맞는다고 느꼈다. 클레르는 내 외모를 별로 신경 쓰지 않았다. 가끔가다 내 옷차림에 대해 조언해 주는 정도였다. 나 역시 클레르 곁에서 들러리가 된 듯한 느낌을 받지 않았다. 우리 외모가 많이 달랐는데도. 클레르는 키가 크고 세련되며 꽤 예쁜 편이었다. 또한 빛나는 금발과 긴 속눈썹의 소유자였다. 한마디로 사람들의 시선을 끄는 외모였다. 나로 말할 것 같으면, 점점 더 살이 찌고 있었기 때문에 사람들은 내 몸을 쳐다보느라 내 눈이 얼마나 예쁜지 한눈에 알아보지 못했다. 나는 클레르를 질투하지 않았다. 사실 경쟁 자체가 안 되는 상대였기에 그저 동경했을 뿐이다. 길을 걷다 쇼윈도에 비친 우리 둘의 모습을 볼 때면 뚱뚱이와 홀쭉이 콤비로 유명했던 로럴과 하디가 떠올랐다. 무성영화 시대 유명한 코미디언이었던 이들의 포스터가 우리 집 2층

욕실 벽에 붙어 있었다. 어느 우울한 날 저녁, 나는 바보처럼 그 포스터를 뜯어서 쓰레기통에 버리고 말았다.

클레르는 우리가 서로 다르기 때문에 친구가 된 거라고 얘기했다. 그리고 언제나 내가 자기 인생에 없어서는 안 될 소중한 존재라고 했다. 클레르는 진짜로 그렇게 생각하고 있었고, 나 역시 그 점을 알았다. 클레르는 타고난 심성이 고운 아이였다. 세상의 추한 모습을 들춰내고 싶어 하지 않았다. 그래서 클레르는 반짝이는 두 눈과 번뜩이는 아이디어를 지닌 내가 얼마나 매력적인지 나를 설득하려고 노력했다. 나에 비하면 다른 친구들과 나누는 대화는 지루할 뿐이라면서.

"어떻게 뚱뚱하면서 매력적일 수가 있지?"

어느 날 나는 클레르에게 이런 바보스런 질문을 던졌다.

"매력이란 건 그때그때 유행이나 시대나 나라마다 기준이 다른 거야. 요즘 학교들의 상황은 엉망이지. 하지만 사스키아, 넌 내가 아는 누구보다도 가장 예쁜 머리카락을 가졌어. 몸을 감싸는 탐스러운 머릿결을 지닌 통통한 소녀란 너무 예쁘단 말이지. 그런 걸 볼 줄 모르는 남자애들이 멍청한 거야. 비쩍 마른 널빤지 같은 애들을 좋아하는 건 걔네 사정이야. 알았나, 오버?"

"알았다, 오버."

하지만 나 역시도 고백하기 어려운 마음 깊은 곳에서는 호리호리한, 아니 거의 말랐다시피 한 남자애들을 좋아했다. 나조차도 이런데 뭐…… 세상이 뭔가 잘못된 것 같았다. 아니, 내가 잘못된 것 같았다.

클레르와 함께하는 친밀한 순간은 학교 복도에 이르자마자 뒤틀리기 시작했다. 클레르와 함께 복도를 걸어가면서, 나는 나를 쳐다보는 아이들의 얼굴에서 굳이 말로 표현하지 않아도 표정으로 드러나는 단어들을 한가득 읽어 냈다.

뚱땡이 온다.

다치기 전에 피해!

35톤.

고래.

돼지.

비만.

컨테이너.

거인.

해 다 가린다.

지방 덩어리.

굴러가겠다.

너무 무거우니 몸을 좀 숨겨야 할 듯.

때로 아이들은 이런 말을 직접 입 밖으로 내뱉기도 했다. 어느 날 아침, 수학 수업 전에 케빈이 내게 와서 말했다.

"사스키아, 여태 아무도 너한테 진심으로 이런 얘기를 못 한 것 같은데, 너는 그만 좀 먹어야겠다. 정말 볼썽사납다고. 내가 솔직하니까 이렇게 너한테 직접 얘기하는 거야. 다른 애들도 속으로는 다 그렇게 생각하고 있거든. 너 뚱뚱하다고."

이번엔 나도 목소리를 깔고 대꾸했다.

"나 좀 내버려 둬! 나는 나고, 너는 그냥 루저야."

내 말에 케빈의 친구들이 마구 웃어 댔다. 그러더니 빈정거리면서 내게 다가와 나를 벽 쪽으로 밀어붙였다.

"너 뭐라고 했냐? 그 입 좀 닫지그래, 베녜. 안 그러면 집에 가는 길에 스커드 미사일 맞는 수가 있다."

나는 마음이 너무 아팠다. 마치 도랑에 떨어진 소똥이라도 된 기분이었다. 손이 떨리기 시작했다. 나는 시선을 바닥에 고정한 채 슬그머니 구석으로 갔다. 투명 인간이 되고 싶었다. 모두가 날 잊어버렸으면.

하지만 미처 세 발짝도 옮기기 전에 클레르가 큰 소리로 나를 불렀다.

"사스키아, 잠깐만!"

"클레르…… 여기서 이런 취급 받기 싫어. 난 갈 거야."

"이런 일을 그냥 넘길 수는 없어. 쟤들이 널 괴롭혔잖아! 이대로 내버려 두면 두고두고 괴롭힐 거야."

내 대답도 듣지 않은 채 클레르는 눈에서 불을 뿜으며 케빈과 그 친구들 쪽으로 걸어갔다. 그러고는 케빈의 코앞에서 멈춰 섰는데, 둘 사이가 얼마나 가까웠는지 정말 코가 서로 닿을 정도였다. 케빈은 꼼지락거리면서 패거리에 도움을 요청했지만 그들은 휴대전화를 만지작거리면서 슬금슬금 뒤로 피했다. 클레르는 케빈의 귓불을 사정없이 잡아당기고는 그에게 귓속말로 몇 마디 했다. 순간 자기 컨버스 운동화를 내려다보고 있던 그의 얼굴이 창백해졌다.

그 뒤로 그 해 내내 케빈은 다시는 나를 괴롭히지 않았고, 그의 패거리도 마찬가지였다.

나는 클레르에게 그때 케빈에게 뭐라고 말했는지 묻지 않았다. 그저 온화한 얼굴의 클레르가 저런 패거리에게서까지 존중받는 법을 알고 있다는 사실이 놀라웠다. 그녀가 사랑에 빠지기 전까지는 말이다. 왜냐하면…… 앞으로 펼쳐질 이야기에서 이 대목이 얼마나 중요한지 알게 될 것이다.

중학교 2학년 시절은 고난의 연속이었다. 급기야 부모님은 나를 다른 중학교로 전학시켰다. 적어도 3학년 때는 좀 더 나은 반 친구들을 만나리란 희망을 품고 말이다. 부모님은 세상이 원래 무자비하다는 사실을 인정하려 들지 않았다. 더 이상 공격당하지 않기 위해, 또는 불행해지지 않기 위해 나는 둘 중 하나를 선택해야 했다. 살을 빼거나, 내 모습을 있는 그대로 받아들이고 당당해지거나.

우리는 스스로를 바꿀 수는 있지만 남을 바꿀 수는 없다.

다행히 클레르와 사촌 카렌이 나를 따라 새로운 학교로 전학했다. 서로 떨어지기 싫었기 때문이다. 그렇게 해서 3년 전 9월 우리는 블레즈파스칼 중학교에 3학년으로 편입학했다. 우리는 거기서 로리안을 만났다. 로리안은 무척 사랑스러운 소녀였는데 수업 시간마다 늘 자기 팔뚝에 나비를 그리곤 했다. 새 학교가 집에서 그리 멀지 않아 나는 걸어서 학교를 다녔다. 걸어서 등교하는 시간이 무척 좋았다. 음악을 듣거나, 생각을 하거나, 공상에 잠길 수 있었기 때문이다. 시험 기간에는 마지막 복습을 하기도 했다.

바로 그 길에서 에리크를 만났다. 우리 집에서 세 집 건너에 사는 에리크는 나와 한 반이었다. 그는 카키색 바지와 후드티를 입고 매일 아침저녁 나와 같은 길로 학교를 오갔다. 단, 그는 차도 왼편의 보도로, 그리고 나는 오른편 보도로 걸었다. 홀수와 짝수처럼. 에리크는 아침에는 후드를 눌러썼고 저녁때는 쓰지 않았다. 우리 둘 사이에는 번잡스런 도로와 경적을 울려 대는 차량들, '줄리의 꿈'이라고 쓰인 번쩍이는 간판을 내건 빵집이 있었다. 한 소년과 한 소녀를 갈라놓은 것은 그런 것들 말고도 또 있었다. 소녀는 달처럼 둥글었지만 소년은…… 완벽했다. 적어도 그 소녀의 눈에는. 나보다 조금 더 큰 키에 호리호리한 체격의 에리크는 햇빛에 반짝이는 밝은 밤색 머리였다. 나는 그의 눈이 날씨에 따라 녹색이나 파란색으로 변한다는 사실도 알아냈다. 내게는 그 모든 것이 멋져 보였다. 중학교 3학년 내내 우리는 그렇게 서로 인사를 하고 함께 학교로 향했다. 어느 한쪽이 길을 건너서 같이 걷지 않고, 각자 자신의 길을 따라 멀찍이 떨어져서 말이다.

고등학교 1학년이 되어서도 에리크는 여전히 나와 같은 반이었다. 그리고 그때 에리크가 보도를 바꿨다. 여전히 말은 없었지만 내 옆에서 걷기 시작한 것이다. 그런 점 역시 마음에 들었다. 왜냐하면 나는 말만 앞서는 사람보다 직접 행동으로 보여 주는 사람을 더 좋아하기 때문이다.

8

에리크와 나는 매일 아침 함께 등교했다. 대개는 우리 둘 다 말이 없었다. 때때로 시험에 대해 짧은 질문과 대답이 오가는 정도였다.

"복습했어?"

"대충."

"나도."

그리고…… 또다시 침묵. 우리는 고등학교 1학년 1학기 때 같은 수업을 들었다. 에리크와 그의 친구들, 나와 클레르, 카렌, 그리고 우리의 새로운 친구 로리안까지. 에리크는 과묵한 편이었다. 한편 우리 반은 세 명의 수학 귀신이 휘어잡고 있었다. 바로 헥토르, 마티아스, 그리고 케빈이었다. 이 셋은 늘 패거리로 몰려다녔다. 그중 케빈은 중학교 2학년 때 내게 사스키아 베녜라는 이름을 선사한 장본인이다. 운 나쁘게도 케빈도 나처럼 제2외국어로 일본어를 선택했는데, 일본어 반은 딱 하나뿐이어서 나는 그 애와 함께 수업을 들어야 했다.

하지만 케빈은 더 이상 나를 괴롭히지 않았다. 케빈과 패거리는 주로 상급반 무리와 어울렸고, 수업 중에 자주 선생님의 설명에 이의를 제기하며 열띤 토론을 벌이는 걸로 모자라 수업 이후에까지 남아서 자신들의 주장을 펼쳤다. 그러나 보통은 함께 머리를 맞대고 인류의 행복을 고민하기보다 시시한 음모나 꾸미곤 했다. 늘 거침없이 말하는 내 사촌 카렌은 그들을 '쓸모없는 인간들'이라고 불렀다. 하지만 그런 카렌도 마티아스 앞에서는 누그러졌는데, 마티아스는 셋 중 그나마 얌전한 축이었다.

그 패거리 중에서 헥토르가 리더 격이었다. 헥토르는 딱히 내게 관심을 보이지 않고 나를 투명 인간 취급했다. 셋 중 누구도 내 몸무게로 시비를 걸지 않았다. 중학교 때에 비하면 상황이 훨씬 나아진 셈이다. 이제 와 생각해 보면, 한동안 클레르 덕분에 나는 케빈이나 마티아스나 헥토르의 공격을 피할 수 있었던 것 같다. 클레르는 그들의 공격을 내가 알아차리기도 전에 저지했다. 만일 클레르가 없었다면 그들은 날 처음 본 순간부터 괴롭히기 시작했을 테다.

하지만 내게 기적은 존재하지 않기에 꿈꿀 필요도 없다. 그래서 나는 경계를 늦추지 않았다.

토요일 저녁이면 클레르는 자주 우리 집에서 자고 갔다. 우리 둘만의 밤을 위한 암호는 이랬다.

"우리 새벽까지 달려 볼까?"

어떤 노래인지 책인지에서 따온 표현이었는데, 그게 뭐였는지는 기억나지 않았고 딱히 중요하지도 않았다. 함께 보내는 토요일 밤이면 우리는 좋아하는 영화 여러 편을 연이어 보거나 드라마를 시리즈로 몰아서 봤다. 그 무렵에는 〈트루 블러드〉에 푹 빠져 있었다. 심지어 클레르는 드라마가 시작할 때 나오는 음악을 휴대전화 벨소리로 쓰고 있었다.

"나는 너와 나쁜 짓을 하고 싶어……"

드라마는 회를 거듭할수록 점점 더 긴장감이 높아졌다.

"드라마 몰아서 보니까 진짜 죽인다."

그때 부모님이 반쯤 감긴 눈으로 내 방문을 열고는 말했다.

"얘들아, 이제 자야지!"

우리는 법석을 떨었다.

"하나만 더 보고요! 수키가 드디어 두 뱀파이어를 구할 거란 말예요. 에릭 노스먼이랑 빌이요. 지금 끌 수 없어요."

우리는 학교에서 나름 모범생이었기 때문에 부모님은 결국 손을 들었다. 부모님은 클레르의 부모님과 문자를 주고받은 뒤에 이렇게 말했다.

"하나만 더 보고 침대로 가는 거야."

우리 부모님은 사실 꽤 괜찮은 분들이다. 내게 영양사에게 상담을 받도록 강요한다거나, 엄격한 식단을 고집한다거나, 내 이름을 우스꽝스럽게 지은 것만 빼면 말이다. 이를테면 부모님은 〈트루 블러드〉를 좋아하지 않았는데, 엄마는 "거기 나오는 사람들은 모두 아무나하고 사귀잖아"라고 했다. 하지만 그렇다고 해서 우리에게 보지 말라고 하지는 않았다. 다음 날 아침 실컷 늦잠을 자고 일어난 나와 클레르는 아침 식사로 초콜릿 빵 그리고 혀를 보라색으로 물들이는 블루베리 잼을 듬뿍 바른 버터 빵을 기대했지만, 식탁에는 무설탕 과일 샐러드와 일본 녹차 그리고 두유가 우리를 기다리고 있었다. 나는 조금이라도 맛을 내기 위해 과일 위에 어마어마한 양의 시나몬 가루를 뿌렸다. 어찌나 많이 뿌렸던지 결국에는 과일 샐러드가 아니라 과일 향이 나는 시나몬 가루를 먹는 꼴이 됐다. 클레르는 나를 응원하기 위해 웃으면서 나를 따라 했는데, 그런 응원이 내게 힘이 되었다.

하지만 다시 혼자가 되면 나는 감자칩과 빵을 사러 뛰쳐나갔다. 부모님의 노력과 친구의 신뢰를 저버린 것이다. 이미 두 차례나 수모를 당했으면서도, 아직 마구 먹어 대는 행동을 멈추고 내 모습을 있는 그대로 직면하려는 결심은 하지 못했다.

9

클레르가 우리 집에서 자고 가는 일이 많아지자 우리는 점차 밤 늦도록 영화만 이어 보는 대신 이야기를 나누기 시작했다. 혼자만 간직하고 있던 비밀 같은 것. 특히 남자애들 얘기를 많이 했다. 고등학생이 된 후로 나는 끊임없이 이 주제에 대해서 생각해 왔다. 환상을 품지 않고 이성적으로 생각하려 했지만 그게 늘 잘되지는 않았다. 내 관심사는 주로 에리크였다. 클레르는 내게 에리크가 "훈훈하고 딱 네 스타일"이라고 말했다.

에리크는 말랐다고 할 만큼 호리호리한 체형이었기에 나는 종종 이런 농담으로 클레르를 웃겼다.

"원래 서로 다른 사람끼리 끌리잖아. 근데 문제는 내가 그 애를 깔아뭉갤지도 모른다는 사실이야. 그럴 것 같지 않아? 상상해 봐.

나와 에리크가 함께 있는 모습을."

클레르는 우리 나이에 남자애들에게 관심을 갖는 건 자연스러운 일이라고 했다. 심지어 우리가 더 일찍 이 문제를 파고들었어야 했다고 생각했다.

"내 친구들은 이미 다 딥키스를 해 봤어. 걔들에 비하면 우린 반에서 늦은 축에 속해. 너나 나나 아직 아무하고도 키스를 안 해 봤잖아. 이제 애들이 슬슬 눈치채기 시작한 것 같아. 알아? 그럼 우리만 이상한 애들 되는 거야. 심지어 네 사촌도 웃을걸?"

"카렌? 카렌은 신경 안 써도 돼."

클레르와 내가 아직 남자와 키스해 본 경험이 없는 이유는 서로 달랐다. 내 경우에는 남자에게 호감을 사기에는 너무 통통하거나 혹은 그렇다고 믿기 때문이었다. (나는 늘 많이 먹는 습관이 감성을 무뎌지게 한다고 생각했다.) 한편 클레르의 경우에는 그녀의 완벽주의가 걸림돌이었다.

"나는 정말 정신을 잃을 정도로 빠져들고 싶어."

"어떻게?"

"어떤 남자의 혀가 내 혀에 닿는다고 상상하면 몸이 떨려. 근데 말이지, 한편으로는 좀 지저분하다는 느낌도 들어. 너도 알다시피 남자애들이 그리 깨끗하지가 않잖아. 우리 반 반장 가스통은 심지어 일주일에 한 번만 이를 닦는대. 그것도 기분이 내킬 때만. 평소에는 이 닦는 거 싫어한대. 그래서 걔 입 냄새 심하잖아."

"맞아. 그런 표현도 있잖아, 엘리 카쿠(튀니지 출신의 코미디언—옮긴이)가 했던 개그. **혀로 수프를 끓인다**고. 가스통이 딱 그 부류지. 기억나?"

"당연하지. 진짜 웃겨. 엘리 카쿠는 너무 일찍 죽은 것 같아. 요즘에도 그런 개그가 필요한데."

"여하튼 그래서. 그런 게 떠올라서 키스를 못 할 것 같단 말이야? 어…… 가스통하고?"

"무슨 말이야! 그냥 예를 든 것뿐이라고."

"다행이다. 가스통이 아니라니."

"내가 키스하고 싶은 사람은 헥토르야. 상상은 정말 많이 했지…… 하지만 그게 끝이야."

그 말을 하는 클레르의 표정을 보니, 내 친구가 수학 귀신 헥토르에게 단단히 빠졌음을 알 수 있었다. 사실 예전에 둘이 처음으로 함께 얘기하는 모습을 보고 낌새를 채긴 했다. 하지만 그때로서는 확실한 건 아무것도 없었고, 단지 서로를 바라보는 눈빛이라든가 복도를 떠도는 몇몇 소문으로 짐작만 할 뿐이었다. 클레르는 반항적인 분위기를 풍기는 학구파 헥토르에게 점점 더 빠져들었다.

"네 눈에는 헥토르가 완벽해 보여?"

"원래 호감은 설명할 수 없는 거야. 바람을 타고 와서는 인생을 바꿔 놓는 거지. 그냥 그렇게 되는 거야."

어느 저녁, 클레르는 어설프게 발자크를 인용하면서 자기 감정을 털어놓았다. 그때부터 토요일 저녁에 우리 집에서 만날 때면 헥토르 이야기를 꺼내지 않고는 못 배기는 정도가 되었다.

"그 애는 정말 재능이 많아 보여. 그렇지 않아?"

"흠."

"시험 볼 때마다 매번 거의 만점을 받잖아. 한편으로는 사회를 개혁하고 수업 방식도 바꿔야 한다고 주장하면서."

"거의 신의 경지네."

확실히 근육남보다는 똑소리 나는 능력자가 클레르의 취향이었다. 사실 헥토르는 노력파였다. 헥토르가 쏟는 노력을 생각하면 그의 성적이 늘 상위권인 것은 당연했다. 고등학교 2학년 1학기 때 그는 선생님의 조언에 따라 반 친구들과 친목을 도모하기 위해 자신의 집에서 파티를 열었다. 클레르와 나도 그 파티에 초대받았다. 처음에 나는 파티에서 어떤 일이 벌어질지 몰랐기에 그다지 내키지 않았다. 다른 아이들이 신나게 춤추면서 놀 때 나만 멀뚱히 벽에 기대서 있어야 할지도 모르니까. 그런 생각을 하면 의기소침해졌지만 클레르를 혼자 가게 둘 수는 없었다. 그리고 로리안과 내 사촌 카렌이 입수한 정보에 따르면 그날 음악이 끝내줄 거라고 했다.

그 파티에는 반 아이들 모두가 참석했다. 그날 밤 우리는 세차장 맞은편 슈퍼마켓 주차장을 지나, 헥토르네 집 뒤편에 있는 오래된 창고에 도착했다. 새로운 용도에 맞게 잘 정비된 그곳에는 다트 판처럼 검은색과 붉은색 벽돌로 쌓은 높다란 벽이 있었다. 앤디 워홀 카펫과 쿠션이 곳곳(어둡고 외지고 아늑한 곳)에 전략적으로 자리했다. 판자를 이용해 임시로 만든 바에는 캔 콜라와 맥주가 쌓여 있었다. 그 밖에도 사방에 캐러멜과 딸기 맛 과자와 형광색 젤리가 큰 통에 넘칠 듯 담겨 있었고, 형형색색의 커다란 막대사탕 더미도 빼놓지 않았다. 하지만 무엇보다도 압권은 창고 안에 설치된 음향 장치와

밤새도록 고막이 터질 듯 울려 퍼지던 라이브 록 음악이었다. 나는 이날 처음 들은 노래의 가사에 사로잡혀 버렸다. "끝이 보이지 않는 길…… 나를 태우는 추위…… 아무것도 후회하지 마……"

헥토르는 기타리스트와 가수 역할에 완벽히 녹아들었다. 벤자민 비올레의 〈아무것도 후회하지 마^{Ne regrette rien}〉를 부르며 그 가수의 섹시한 몸짓을 따라 했다. 젤을 바른 검은 머리에 가죽 재킷을 걸친 헥토르는 노래를 곧잘 불렀고, 그의 중저음이 노래에 강렬한 느낌을 더해 주었다. 우등생 헥토르가 못하는 게 있을까? 가끔씩 헥토르는 밴드 동료들을 무대 위에 내버려 두고 클레르 곁으로 다가와, 클레르가 먹던 코카콜라 라이트를 함께 마시며 그녀의 머리카락을 쓰다듬었다. 플라스틱 컵에는 클레르의 입술 자국이 남아 반짝거렸고, 헥토르는 그곳에 자기 입을 가져다 댔다. 로맨틱함을 넘어 느끼해 보일 수 있는 행동이었지만 클레르에게는 먹히는 듯했다. 클레르는 강렬한 그의 음악과 시선에 녹아들었다.

"헥토르는 정말 멋진 것 같아, 사스키아. 너무 맘에 들어."

클레르는 헥토르가 엄청난 에너지를 내뿜고 있다고 말했다. 드디어 그녀의 환상이 현실에서 실현되는 순간이었다. 그녀가 늘 꿈꾸어 왔듯이 '정신을 잃을 정도로' 헥토르에게 푹 빠져들고 있었다.

나로서는 이 사실을 아무렇지도 않게 받아들이기가 쉽지 않았다. 그래서 나는 괜스레 클레르에게 말하자마자 후회할 말을 내뱉고 말았다.

"발정 난 사냥개 무리의 우두머리 같아 보여. 조심해."

"너 미쳤어? 흉포한 짐승이나 뱀파이어는 아니고?"

"그럴 수도 있고."

순간 둘 다 웃음보가 터져 버리는 바람에 내 공격성은 어느새 사그라졌다. 클레르가 남자 때문에 (갑자기) 이성을 잃지 않아서 다행이었다.

클레르와 헥토르는 아직 본격적으로 사귀지 않았다. 오히려 어느 날 또는 어느 밤에 찾아올 그 시간을 극진히 맞이하려 기다리는 듯했다. 내가 보기에 두 사람은 심지어 초반의 긴장감을 마음껏 즐기기 위해 일부러 진도를 늦추고 있는 것 같았다.

나는 결국 무대 앞을 떠나서 몇몇 커플이나 소극적인 아이들 외에는 드나들지 않는 구석 자리로 갔다. 그곳에는 중학교 2학년 때부터 나와 한 반이었고 케빈처럼 함께 일본어 수업을 듣는 히데토시도 있었다. 무심한 듯하면서도 유머 감각이 있는 아이였는데 혼자 구석에서 담배를 피우고 있었다.

예상했던 대로, 나는 구석에 처박혀서 홀로 벽에 등을 기댄 채 눈으로 클레르를 좇았다…… 그리고 헥토르도. 사실 나는 그 애들이 부러웠다. 두 사람의 심장박동 소리가 들리는 것만 같았다. 클레르는 마치 다른 세계에 존재하는 사람처럼 보였다. 그녀의 움직임은 뭐랄까…… 이전에 보지 못한 모습이었는데, 그건 바로 유혹의 몸짓이었다. 마치 내가 아는 클레르가 아니라 다른 사람 같았다. 클레르를 알게 된 이래 처음으로, 그녀는 나를 떠나 헥토르에게로 가 버렸다. 아마도 그녀는 사랑에 빠진 것이겠지. 빠지다니? 누군가를 열렬히 좋아할 때 우리는 공기처럼 가볍게 날아다닐 수 있어야 한다. 내게도 그런 일이 필요할 것 같았다. 그렇게 되면 내 몸무게도 줄어들지 모를 일이다.

그들은 그날 밤 입을 맞추지 않았다. 물론 머잖아 그날이 올 것 같았지만. 다른 사람들이 신나게 어울려 놀 때, 나는 혼자 놀기 전문가라도 된 양 구석에서 쿠션에 기대어 거기 놓인 책을 읽고 있었다. 오 분쯤 뒤에 에리크가 내 곁에 와서 무슨 책을 읽고 있는지 물었다.

에리크는 그날 후드티를 입지 않았다. 이곳이 아니라면 어디라도 느낌의 선원 스타일 줄무의 스웨터를 입은 에리크는 무척 매력적이었다.

"춤추는 거 별로야. 바보가 된 느낌이 들어서." 에리크가 내게 말했다.

그 말에 나는 기분이 한껏 좋아졌다. 에리크에게 미소를 지으며, 다른 사람들 사이에서 우리 둘이 깡충깡충 뛰는 모습을 상상했다. 그러고는 웃음을 터뜨렸다. 놀랍게도, 에리크도 나를 따라 웃었다.

마음을 가라앉힌 뒤 그에게 물었다.

"음악 안 좋아해?"

"음악이야 최고지. 근데 혼자 이어폰 끼고 듣는 게 좋아. 길을 걷거나 하면서…… 뭐 둘이 들어도 좋고. 그 정도. 그렇게 듣는 거 아니면 내가 좋아하는 무언가를 제대로 느끼지 못하는 것 같아서."

"와…… 그렇구나."

에리크는 완벽했다. 그리고 그토록 완벽한 그 앞에서 나는…… 정말 무거웠다. 나 같은 여자애랑 함께 있으면 그 역시 사람들 앞에서 보잘것없는 존재가 되어 버릴 거다. 내가 스스로 의식하지도 못

한 채 잔뜩 감동한 표정을 짓고 있었던지, 에리크가 장난스럽게 내 쪽으로 몸을 기울였다. 꼭 엄마 몰래 생크림을 찍어 먹는 장난꾸러기 같은 얼굴로 말이다. 어린 시절에 분명 개구쟁이였을 거다. 에리크는 진짜 완벽했다. 그리고 그와 나는…… 정말 달랐다.

"친구들은 바 앞에서 밤을 샐 것 같아. 나는 그만 집에 가야겠어. 같이 갈래?"

이런 상황에 어떤 여자가 그 제의를 거절하겠는가. 하지만 나는 이렇게 멋진 남자와 별이 반짝이는 밤을 함께하기엔 너무 뚱뚱했다. 사실 나는 에리크와 단둘이 있다가 무슨 실수라도 하지 않을지, 웃겨 보이지는 않을지 두려웠다.

"난 클레르를 기다려야 해. 오늘 우리 집에서 같이 자기로 했거든."

나는 이렇게 답했다. 하지만 사실이 아니었다.

"할 수 없지. 그거 다 읽으면 나 빌려줄래?"

"뭐?"

"네 품에 끼고 있는 그 책."

"물론이지. 근데 우선 헥토르한테 허락을 받아야 돼. 헥토르 거거나 그 애 부모님 책일 테니까."

에리크는 감색 머플러를 목에 두르고, 춤추는 사람들을 헤치며 사라졌다. 에리크가 가 버린 후, 나는 바보가 된 기분이 들었다. 혼자 버려진 느낌이었다. 내 몸을 감싼 두꺼운 살 뒤에 숨겨진 내 모습은 가냘프고 여렸다. 아주 조그마한 불씨에도 바로 불타오르는 담배 종이처럼, 나는 남자아이의 조그마한 관심에도 불타오를 수 있었다.

연약하고.

쉽게 불타오르는.

내 안에서 일고 있는 불을 끄고 마음을 가라앉혀야 했다. 쿵쿵 울리는 음악 소리로 소란스러운 그 공간에서 나는 들고 있던 책을 아무 페이지나 펼쳐 혼자 소리 내어 읽기 시작했다.

"그녀는 더 이상 떨지 않았다. 그는 모래 위에 누웠고, 그녀는 여전히 그를 바라보고 있었다. 그녀는 여행에서 비롯된 피로감 속에서 무언가를 깨달았던 것이다…… 그녀는 말했다. 나는 당신을 보러 왔어요."

내가 읽고 있던 책은 마르그리트 뒤라스의 『사랑』이었다. 우리는 문학 시간에 19세기 사실주의 소설에 대해서 배우고 있었기에 20세기 소설가인 뒤라스는 교과과정에 속하지 않았다. 대입 시험을 위해, 고등학교에서 배우는 작가들을 우리가 직접 선택할 수 없다는 것은 비극이었다.

뒤라스 작품들의 제목은 근사했다.

　　사랑

　　연인

　　영국인 연인

　　북중국에서 온 연인

책에 쓰인 표현에 내가 느끼는 감정을 연결 지어 보았다. 작가는 정말이지 적당한 단어들을 골라서 쓰고 있었다. 내 머릿속에서 혼란의 소용돌이가 일었다.

책을 덮는 순간, 클레르가 잔뜩 흥분한 얼굴로 내 곁에 털썩 주저앉았다. 헥토르와 함께 춤추고, 웃고, 노래한 터라 땀을 흘리고 있었다. 머리카락이 얼굴 위로 온통 흐트러진 그녀의 모습은 눈부시

게 아름다웠다. 클레르는 눈짓으로 허락을 구한 뒤 우리 옆에서 일본 만화책에 빠져 있던 히데토시의 이슬람 스카프를 집어서는 그걸로 목을 닦았다. 히데토시는 한쪽 눈으로 클레르를 흘낏 쳐다보고 담배를 끄더니, 마치 그녀에게서 선물이라도 받은 양 그녀를 향해 미소 지었다. 스카프에 클레르의 향수 냄새가 배었다. 그녀에게는 모든 것이 다 허락됐고, 아무도 그녀를 거부하지 않았다. 나는 클레르가 부러웠다. 그리고 한편으로는 내가 그녀의 친구라는 사실이 자랑스러웠다.

"사스키아, 이미 알고 있는지도 모르지만……"

"몰랐어. 하지만 짐작은 했지."

"하지만 아직 아무 일도 없었어!"

"이제 궤도에 오른 거잖아, 안 그래?"

클레르는 거울이라도 깰 듯 웃음을 터뜨렸다.

에리크는 벌써 집에 도착했겠지.

나? 아무 일도 없었다. 뭐, 거의 없었다고 해야 할지도.

나는 내 신발 굽이 보도에 부딪는 소리를 들으면서 집으로 돌아가고 있었다. 왜 에리크와 함께 떠나지 않았을까. 사실 이유는 간단했다. 괜찮은 남자애들은 나 같은 여자애에게 접근하지 않는다. 기껏해야 그런 남자애들은 나 같은 여자애의 친구가 된다. 바로 이런 관계만이 뚱뚱하거나 못생긴 여자애가 남자애와 엮일 수 있는 유일한 방법이다. **우정 구역**. 어떤 사람들은 그런 관계에 만족할지 몰라도 나는 아니었다. 나는 에리크와 우정을 나누고 싶지 않았다. 왜냐하면 그건 내게 사랑을 포기하는 셈이나 마찬가지였기 때문이다. 한번 게임의 규칙이 정해지면 되돌릴 수 없다. 남자애가 내게 호감이 있다고 해도 넘지 말아야 할 선이 생기게 된다. 어쨌건 나는 그때 그렇게 생각했고, 이 생각은 지금도 변함없다. 물과 기름처럼 우정과 사랑은 서로 섞일 수 없다.

나는 에리크와 진지한 교제를 원했다. 하지만 그날은 그런 분위기가 조성되기 힘든 상황이었다. 그런 이유로 나는 우리 사이에 우정이 싹트는 것을 피하기 위해 혼자 집으로 돌아가는 편을 택했다.

10

다음 날인 일요일, 이불을 들치고 베개 밑에서 휴대전화를 찾았을 때는 벌써 11시였다. 열려 있던 창문으로 햇살이 쏟아져 들어오고 있었다. 전날 밤늦게 집에 돌아와 자기 전에 블라인드 치는 것을 잊었던 모양이다.

휴대전화에는 할머니 댁으로 식사하러 오라는 엄마의 문자가 와 있었다.

"우리 먼저 간다. 자전거 타고 와."

"ㅇㅋㄷㅋ"

"그게 뭐니 사스키아. 제대로 된 문장을 쓰렴."

"요, 마더."

"내가 뭐라고 했지?"

"사랑해요, 엄마."

할머니는 야외에서 식사할 수 있는 정원이 딸린 예쁜 집에 사신다. 건축가 르코르뷔지에의 빌라를 모방한 하얀 정육면체 모양 이층집인데, 우리 집에서 5분 거리에 있다. 할머니 집 바로 옆에는 운동장이 있다. 나는 할머니 집을 좋아하는데, 아마도 추억 때문인 것 같다.

어린 시절의 추억.

내가 전날 늦게 귀가했는데도 부모님이 야단치지 않아서 나는 조금 놀랐다. 얼마 전부터 부모님이 내 변화에 적응하려 애쓰고 있다는 인상을 받았다. 이유가 뭘까? 내 몸무게 문제 때문에? 아마도 부모님은 그 문제 외에 또 다른 문제를 더하고 싶지 않았던 것 같다. 원래 부모님이 허락한 마지막 귀가 시간은 새벽 1시였다. 하지만 어제는 그걸 지키는 게 불가능했다. 새벽 2시가 되어서야 파티 분위기가 겨우 수그러들었는걸. 그때까지 거의 모든 애들이 미쳐 날뛰었다. 심지어 하도 연약해서 몇몇 아이들이 '마시멜로'라고 부르는 멜라니 부알도 예외가 아니었는데, 그 애는 구석기 시대부터 체육 시간도 면제받은 아이였다. 이런 상황이었기에 파티장에서 특별히 할 일이 없었던 나도 새벽 3시가 되어서야 내 침대 위로 쓰러졌던 것이다. 계획대로라면 나와 클레르는 클레르의 부모님 차로 귀가하기로 되어 있었다. 클레르와 나 둘이 먼저 돌아오기로 했었던 것이다. 하지만 클레르가 나와 함께 나서려고 빨간 외투의 지퍼를 올리고 있을 때, 헥토르가 재빨리 다가와서 자기 오토바이로 우리를 집까지 데려다주겠다고 제안했다.

"셋이 한꺼번에 타자고? 말도 안 돼."

"괜찮아. 세 명이 충분히 탈 수 있어."

헥토르는 나 하나의 무게만으로도 오토바이가 달리기 힘들 거라는 사실을 간과하고 있었다.

"글쎄. 잘 모르겠어……"

"지금은 경찰도 잘 시간이니 마음 푹 놔. 혹시 문제 생기면 아빠 부르면 돼. 아빠가 경찰이거든."

헥토르의 말에 클레르는 마음을 놓는 듯했지만 나는 단호히 거절했다. 헥토르가 우리 둘을 태우려 한다면 그건 클레르 때문이다. 나야 방해꾼일 뿐이었다. 헥토르는 클레르와 연애를 하려면 적어도 초기에는 나 역시 신경 써 줘야 한다는 사실을 간파했다. 나는 외로운 카우보이 흉내를 내며 둘을 남겨 두고 걸어갔다. 면허 없이 오토바이 타는 게 싫다는 변명 대신, 나 혼자 돌아가는 게 더 편하다는 핑계를 댔다. 클레르는 헥토르 등 뒤에 앉기 전까지 여러 번 내 이름을 불렀다.

"사스키아, 너 정말 혼자 갈 거야?"

뒤를 돌아보았을 때, 그들은 막 출발하려는 참이었다. 오토바이는 유성처럼 빨랐다. 헥토르는 정말 못하는 게 없는 완벽남이었다. 그는 내 친구를 유혹하기 위한 모든 것을 갖추고 있었고, 이제 그녀를 자신의 세계로 데리고 들어갔다.

그다음 일은…… 불 보듯 뻔했다.

그들이 멀어지는 동안, 창고 옆집에 사는 개가 짖어 댔다. 그들이 탄 오토바이가 더 이상 보이지 않을 때쯤, 나는 처량해 보이는 파티 의상을 입은 채 좀비처럼 발걸음을 옮겼다. 나는 손톱에 빨간색 매니큐어를 바르고 불투명 스타킹 위에 주름 잡힌 검은 양말을 덧신고 있었다. 멜빵 원피스 안에는 빨간색과 은색이 섞인 얇은 스웨터를 입어 포인트를 주었다. 이 의상을 머릿속에서 떠올렸을 때는 참 예쁠 것 같았는데, 막상 내가 입으니?

그냥 뚱뚱하고 부어 보일 뿐이었다…… 나는 갈 곳을 잃은 사람처럼 내 심장박동 소리에 맞춰 걸음을 내디뎠다. 그리 무섭지는 않았지만 이렇게 늦게 집에 혼자 가는 건 처음이었다. 헥토르와 클레르 외에는 아무도 내게 집에 데려다주겠다고 제의하지 않았다. 파티가 열렸던 창고 입구에는 사람들이 가득했는데도. 그들은 내가 멀어지는 동안 밤공기를 즐기며 하늘만 바라보고 있을 뿐이었다. 나는 막연히 앞으로 클레르와 헥토르 사이가 어떻게 될지 생각에 잠겨 있었다. 나는 헥토르에게 다소 뾰족하게 굴었다. 하지만 그건 헥토르가 내게서 단 하나뿐인 소중한 친구를 빼앗아 가려 하고 있었기 때문이다. 문학 선생님이 즐겨 쓰는 표현에 따르면 이건 가장 파렴치한 일이 아닐 수 없었다. 선생님은 우리를 아르망 시립 극장에서 상연하는 셰익스피어의 〈로미오와 줄리엣〉에 출연시키려 했었다. 선생님은 나한테 남들 앞에 선다는 게 얼마나 힘든 일인지 몰랐다. 하지만 달리 보면, 내가 뚱뚱하다는 이유로 아예 역할을 맡기지 않는 것보단 낫다는 생각도 들었다.

아파트 입구에 다다르자 이웃 클레망네 집에 불이 켜 있는 게 보였다. 우리 동네 매력남에게 불면증이라도 있나? 그 불빛을 보자 나는 이 늦은 밤에 나 혼자만 깨어 있는 게 아니라는 생각이 들어 조금은 덜 외로워졌다. 그리고 집으로 올라가는 엘리베이터 버튼을 눌렀다.

할머니 댁으로 부모님을 만나러 가기 전에 세상에서 가장 하기 싫은 일을 해야 했다. 옷장 거울 앞에 서서 옷을 입어 보는 일. 그건 나 자신을 괴롭히기를 즐기지 않고서는 할 수 없는 일이었다.

반바지를 입을까? 웃겨 보이겠지.

그럼 긴 치마? 자전거 타고 가야 하는데 웬 긴 치마?

대략 15분 동안 스스로를 괴롭힌 끝에 안방으로 쳐들어갔다. 부모님은 둘 다 날씬했다. 보통 나이가 들면 살도 좀 찌고 자식들보다 몸집도 붇고 그러지 않나? 그게 사리에 맞아 보였다.

세상의 이치.

자연법칙.

그런데 도대체 왜 우리 집에서는 거꾸로일까? 안방의 거울 앞에 몇 초간 서 있자니 갑자기 엄마를 향한 쩨쩨한 질투심이 솟아났다. 엄마에게는 어떤 옷이든 잘 어울렸다. 심지어 내 또래 애들이 입는 옷까지도. 엄마는 최신 유행 스타일의 옷을 파는 상점에서 쇼핑했지만, 나는 큰 사이즈나 임부복을 파는 옷가게만 돌아다녔다. 나도 다른 옷들을 입어 보고 싶었다. 마음속 깊은 곳에서 입어 보고 싶어 하는 그런 옷들 말이다. 다행스럽게도 클레르와 나는 독특하고 멋진 옷가게 하나를 발견했다. 클로에라는 여자가 하는 옷가게였다. 그녀는 30대로 구릿빛 피부에 곱슬머리였고, 얼굴에는 늘 미소를 띠고 있었다. 클로에는 손님들이 원하는 옷을 직접 제작해 주었는데, 용돈이 넉넉하지 않은 클레르와 내게도 그리 비싼 가격이 아니었다. 언젠가부터 클로에는 내게 스타일에 대해 조금씩 조언을 해 주기 시작했는데, 강요하지 않고 늘 부드럽게 이야기했다. 헥토르네 파티 날 입었던 의상을 조언해 준 것도 클로에였다. 그녀는 모든 여자가 아름답다고 말했다. 비록 일부는 스스로 그 사실을 모르고 있다 하더라도. 이와 비슷한 의미로 메릴린 먼로가 했던 말을 내게 알려 주기도 했다. 클레르가 하는 얘기도 클로에와 크게 다르지 않았다. 클로에는 너무 친절했다…… 사실 변화를 결심하기 위해서는 냉정한 충격요법이 필요했는데.

하지만 나는 클로에의 얘기를 들었다. 그녀의 말을 들으면 기분이 좋아졌기 때문이다. 비록 그 말을 다 믿지는 않았을지라도. 클로에의 가게에서는 늘 새 옷감 냄새와 여자 향수 냄새가 풍겼다. 그곳에는 틀에 박힌 디자인에서 벗어나 입는 이가 편하게 느끼면서도 진짜 자신의 모습을 찾을 수 있는 옷들이 있었다. 최신 유행만을 좇는 바비 인형을 위한 가게가 아니었다. 우리가 그곳에서 시간을 보낼 때면, 아무것도 사지 않더라도 언제나 클로에는 우리에게 민트 차를 대접했다. 우리는 그곳에서 함께 음악을 들었고, 클로에는 우리에게 멋진 곡들을 알려 주었다.

"마라케시식 차 마실래? 난 거기에서 자랐어. 일도 그곳에서 배웠지. 베르베르 사람인 우리 할머니한테서 말이야."

그러고 나면? 우리는 그 가게를 나올 때면 언제나 들어갈 때보다 한층 기분이 좋아지곤 했다.

그날 아침, 안방의 거울 앞에서 내 몸을 샅샅이 훑어봤다. 머릿속에서 울리는 **절망의 노래**에 한 곡조 덧붙이기 위해서 나는 엄마의 속옷 서랍을 뒤져 팬티를 하나 입어 보았다.

"엄마, 왜 저를 뚱뚱하게 낳았어요. 엄마는 그렇게 날씬하면서……"

엄마의 예쁜 팬티는 내 군살을 꽉 조였다. 레이스의 재앙이 따로 없었다. 나는 거울에 비친 기괴한 미개인 인형 같은 내 모습을 환멸이 날 때까지 똑똑히 쳐다보았다. 그러면서 이렇게 아무짝에도 쓸

모없는 내 몸을 저주했다. 나 자신으로부터 그리고 내 겉모습으로 부터 멀어지고 싶었다. 나는 욕실로 뛰어 들어가서 가위를 들고 내 몸을 꼭 조이는 검은색 속옷을 싹둑싹둑 잘라 버렸다. 피부에는 선명한 붉은 자국이 남아 있었다.

내 발밑으로 천 조각들이 마치 축제 때 쓰이는 색종이 조각들처럼 흩어졌다. 거울을 쳐다보는 내 눈 깊은 곳에서 검은색 레이스 조각들이 여전히 사라지지 않은 채 나를 옥죄고 있었다. 부모님은 아무런 잘못이 없었다. 부모님을 향해 소리 없는 비난을 퍼붓긴 했지만 나 역시 그 사실을 잘 알고 있었다. 엄마 동료인 학생 상담소 선생님이 내게 했던 얘기가 떠올랐다. 그 말이 내 머릿속을 맴돌았다.

"때때로 청소년기엔 살이 찌기도 해. 아동기를 지나면 신체가 변하고, 너 자신도 변하는 거지. 너는 네 살 뒤로 숨기로 결심한 거야. 하지만 언젠가, 네가 다른 이들 앞에서 당당히 자신을 드러내기로 결심하는 날이 오면, 스스로 먹는 양을 조절할 거야. 다이어트도 필요 없이. 그럼 모든 게 제자리로 돌아올 거야."

그 축제의 날이 오기를 바라다가 나는 퍼뜩 내가 안방에서 저지른 만행을 깨달았다. 정신을 차리고 레이스 조각들을 모아 쓰레기통에 버린 뒤 봉지째 쓰레기 투입구로 내버렸다.

10분 뒤, 나는 땀을 삘삘 흘리면서(뚱뚱하면 땀을 많이 흘린다……) 할머니 댁을 향해 자전거를 타고 가고 있었다. 오늘 기상청에서 소나기가 올 거라고 예보했는데 운동장에서 두 팀이 축구를 하고 있었다. 그중 한 명이 내 이름을 불렀다.

"어이, 사스키아!"

안경을 쓰고 있지 않았기에 나는 누군지 알아볼 수가 없었다. 그때 할머니 집 나무 울타리 위에 앉아 축구 경기를 보고 있던 카렌이 공이 골대 가까이 가자 소리를 질렀다. 그러더니 나를 보자마자 자리에서 일어나 내게로 다가왔다.

"안녕, 사촌. 파티는 재미있었어? 나는 춤을 하도 춰서 살이 한 3킬로는 빠진 것 같아. 넌 어때, 다이어트는 잘돼 가?"

"네가 보기에는 어떤데……"

"아이고, 이 불쌍한 것!"

오, 카렌. 언제나 거침없이 말하는 카렌. 하지만 나는 그런 카렌을 원망하지 않았다. 단지 나 자신을 원망할 뿐이었다.

나는 다른 존재가 되고 싶었다. 나는 이 세상이 싫었고, 나 자신도 싫었다.

\\

다음 날 아침 등굣길, 학교 대문을 약 500미터 앞두고 에리크가 등 뒤에서 나를 불렀다.

"안녕! 흠, 축구 하는 애들한텐 인사도 안 하는 거야?"

"아…… 너였어?"

"이런, 난 줄도 몰랐다니 기분 별로인데."

"누군지 알아보려면 거리가 더 가까워야 해. 게다가 다 똑같은 유니폼을 입고 있었잖아. 안경 없이는 10미터 너머에 있는 사람을 못 알아봐."

나는 내 약점을 에리크에게 말해 버린 걸 곧바로 후회했다. 하지만 에리크는 주머니에 손을 넣은 채 별일 아니라는 듯 내 쪽으로 걸어왔다. 근시이면서도 안경을 쓰지 않는 여자애를 이상하게 여기지 않는 것 같았다. 어쩌면 내가 문제를 확대하고 싶어 하지 않는다는 걸 눈치챘는지도 모른다. 뚱뚱한 것? 뭐, 그럴 수 있다고 치자. 그런데 뚱뚱한 데다가 안경까지 쓴다면? 그건 거의 자살 행위였기에 나는 그 상황만은 어떻게든 피하고 싶었다. 세상이 흐릿해 보이고 사물이 윤곽을 잃는다 해도 별로 상관없었다. 다른 사람뿐 아니라 에리크까지 못 알아봤다고 해도 어쩔 수 없는 일이었다. 부모님은 내가 안경을 거부하고 있다는 사실을 몰랐다. 안과 선생님 역시 내가 안경을 안 쓰고 다닌다는 사실을 알면 펄쩍 뛰면서 화를 낼 터였다. 하지만 에리크는 화제를 돌리지 않고 내게 말했다.

"세상을 제대로 보지 못하고 있겠네. 렌즈를 껴 봐. 나를 못 알아보는 일도 없을 거야."

"렌즈는 못 끼겠어."

그러자 에리크는 눌러쓰고 있던 후드가 뒤로 넘어가도록 크게 웃음을 터뜨렸다. 나는 그에게 감동을 주기보다 웃음을 주는 사람이었다. 그건 괴로워할 필요 없이 받아들여야 할 사실이었다. 뭐, 어쨌든 그와 함께 웃는 게 나쁜 일은 아니었으니까. 학교의 자전거 주차장 앞에서 나는 장난으로 에리크가 멘 가방의 가죽끈을 잡아당겼다. 그는 늘 그렇듯이 별로 놀라지도 않으면서 곧바로 자세를 추스르고 말했다.

"가방끈을 너무 세게 잡아당기면 끊어질지도 몰라."

나는 손으로 입을 가리고 어린아이처럼 키득거렸다. 우리는 함께 학교 안쪽으로 걸어 들어갔다. 나는 에리크의 가방 앞주머니에 뒤라스의 책을 슬쩍 집어넣었다.

"어젯밤에 다 읽었어."

"아, 고마워…… 재미있어?"

"난 특히 '사랑'이라는 제목이 마음에 들어. 나머지는…… 인물 간의 대화가 아주 좋은지는 잘 모르겠어. 남자 둘이랑 여자 하나 이야긴데, 한번 읽어 봐. 나는 그리 빠져들지는 않았어."

요약이 너무 길었다고 생각하면서 나는 말을 멈추었다. 안뜰의 한가운데, 모두가 우리를 볼 수 있는 장소였다. 에리크는 별로 신경 쓰지 않는 것처럼 보였지만 그래도 조금은 시선을 의식하고 있는 듯했다. 내가 편집증적인 것일까? 괜히 혼자 쓸데없는 생각을 하고 있었는지도 모른다. 수업 시작을 알리는 첫 번째 예비 종이 울렸을 때, 에리크는 학교 건물 입구의 큰 벤치를 차지하고 앉아 있던 친구들에게 다가갔다. 나는 에리크의 친구들이 그를 맞이하고 그에게 자리를 내줄 때까지 몰래 지켜봤다.

아무도 킥킥거리거나 에리크와 함께 온 나를 가리키며 소리 치지 않았다. 에리크의 친구들은 쿨해 보였다. 나는 안심하고 안뜰 맞은 편에 있던 클레르와 카렌에게로 다가갔다. 둘은 로리안이 학교 안으로 들어오지 못하는 연상의 남자친구와 키스하는 모습을 지켜보고 있었다. 두 사람은 마치 감옥 창살이 그들을 갈라놓기라도 한 듯, 학교 철망에 딱 붙어 있었다. 나는 일전에 나의 작품 〈기습 키스〉를 위해 몰래 찍었던 둘의 사진을 좋아했다. 클레르와 나는 커다란 판지 위에다 주제를 정해 콜라주 작품을 만들고 있었다. 미술 선생님인 엄마가 영감을 준 아이디어에서 시작한 일이었다. 막상 시작하고 보니 생각보다 훨씬 더 신났다. 클레르와 나는 작업에 열성적으로 매달렸다. 우리는 벌써 완성한 작품을 카렌과 로리안에게 생일 선물로 한 점씩 주었다. '기습 키스'라는 주제는 내 아이디어였는데, 이 콜라주 역시 거의 완성 단계였다. 꽤 괜찮은 작품이 될 것 같았다.

두 번째 예비 종이 울리자 다들 정신을 차렸다. 로리안의 남자친구는 스쿠터에 올라타고 한 달간 매일 아침 그랬듯이 시끄러운 모터 소리를 내면서 인턴으로 근무하는 자신의 일터로 떠났다.

클레르는 내게 미소를 지으며 가방을 들었다. 그녀의 가방에는 전에 내가 주었던 얼룩말 인형이 아직 달려 있었다. 이날 아침, 클레르는 말수가 적었다. 그녀는 마치 헥토르의 파티가 바로 전날 밤에 열렸고, 그 이후 계속해서 다른 세계에 머물렀던 것처럼 약간은 꿈꾸는 듯한 분위기를 풍겼다.

오후 1시, 학교신문 제작 모임을 위해 36번 교실에 다다랐을 때 클레르가 내게 토요일 밤 이야기를 털어놓았다. 헥토르가 클레르를 집까지 데려다주려고 〈로미오와 줄리엣〉 흉내를 내던 그날 밤 말이다.

"헥토르가 키스하려는 걸 거절했어. 사실은 나도 하고 싶었지만."

"근데 왜?"

"이런 과정은 천천히 즐겨야 더 멋지다고 생각하지 않아?"

"아니. 그런 건 구식에 불과해. 나는 마음이 이끄는 대로 몸을 맡기는 게 더 강렬하다고 생각해."

"모르겠어. 어제 걔네 창고에서 공연 연습하는 거 보러 갔었거든.

거기서 영어 숙제를 하려고 했는데 진짜 안 되더라. 나 사랑에 빠져 버린 것 같아……"

마침내 클레르가 그 표현을 썼다.

사랑에 빠지다.

클레르의 고백이 나를 혼돈에 빠트렸다. 갑자기 그녀 곁의 내가 어린애가 된 기분이 들었다. 그것도 버림받은 어린애. 클레르가 덧붙였다.

"헥토르가 나랑 사귀고 싶대."

"세상 놀라운 일이네……"

클레르가 날 보고 웃었기에 나는 그녀에게 상처 주지 않기 위해 내 감정을 추스르면서 말을 이었다.

"잘됐다. 기분이 어때?"

"행복하고…… 좀 걱정되기도 하고. 헥토르는 정말 바빠. 걔가 어떻게 늘 수학에서 만점을 받는지 알겠……"

나는 클레르의 말허리를 잘랐다.

"매번 만점을 받는 건 너무 인간미가 없어."

"관둬, 사스키아."

"게다가 헥토르는 네가 전염병처럼 두려워하던 '지저분한 키스' 패거리 중 하나 아니었어?"

"말도 안 돼. 걔는 안 그래."

"사실인지 아닌지 알아보려면 직접 키스를 해 봐야겠지."

그러고는 우리 둘 다 깔깔거리며 웃어 댔다. 클레르는 기분이 좋아 보였지만 나는 직감으로 알아차렸다. 설사 헥토르가 클레르에게 반해서 그녀의 관심을 독차지하고 그녀를 꿈꾸게 만들더라도, 자신이 공부할 시간은 절대 뺏기지 않으리란 사실을.

그것도 맹렬히 공부할 시간 말이다.

지난 파티 때 나는 헥토르를 유심히 관찰했다. 헥토르는 자신의 열정을 온통 클레르에게 쏟으면서 그녀를 유혹했다. 그런데 지금은 클레르가 그에게 흠뻑 빠졌고, 그는 자신에 대해 클레르가 스스로 상상의 나래를 펴도록 내버려 둔 채 밀당 모드에 들어갔다. 헥토르는 사실 클레르가 자신과 사귀려면 감내해야 하는 조건을 노출한 셈이고, 그 부분은 그로서는 양보할 수 없는 지점이었다. 헥토르는 존경스럽지만 사랑이나 여자에 시간을 할애하기에는 너무 바쁜 장관님 스케줄을 소화했다. 월요일 정오에서 2시 사이의 점심시간에

36번 교실 구석에서 클레르가 내게 헥토르 이야기를 했을 때 나는 이런 상황을 직감했다. 학교신문 편집장인 졸업반 선배가, 이름은 맨날 잊어버린다, 신문 만드는 일에 우리도 함께 참여해도 좋다고 허락했더랬다. 카렌과 로리안도 종종 이곳으로 우리를 찾아왔는데, 뭐 대단한 사건을 전하기 위해서라기보다 그냥 수다를 떨기 위해서였다. 귀찮으면 우리를 당장이라도 내보낼 수 있었기에, 우리는 아량을 베푸는 선배에게 감사하고 있었다. 사실 학교신문 제작은 주로 졸업반 학생들이 맡아 왔기 때문이다.

"괜찮아, 얘들아. 편하게 있어."

때때로 우리는 감초 맛 나는 영국제 사탕 박스를 정성껏 포장해 리본을 달고 감사를 담은 쪽지를 써서 그에게 선물하기도 했다. 그럴 때면 그는 좋아서 어쩔 줄 몰라 했다. 여하튼 간에, 36번 교실에서 우리는 늘 마음 편히 시간을 보낼 수 있었다. 나 역시 거부당하는 느낌이 들지 않았다. 단 1분이라도 조용히 있기 위해서, 혹은 앉을 자리 하나를 찾기 위해서 투지를 불태워야 하는 휴게실보다 나은 장소였다.

12

그다음 주가 되자 클레르와 헥토르는 본격적으로 연애 모드에 돌입했다. 둘 사이는 무슨 절정기에라도 다다른 듯 보였다. 헥토르가 클레르를 상대로 밀당을 하고 있는 것 같기는 했지만 그래도 둘은 썩 잘 어울렸다. 아니, 별로 인정하고 싶지는 않지만 사실 둘은 최고의 한 쌍처럼 빛났다. 함께 있을 때 그들의 눈은 별처럼 반짝였고, 행동이며 심지어 입은 옷의 색까지도 마법처럼 기막히게 어울렸다. 어쩌면 내가 이 커플에게 일종의 환상을 품고 있었는지도 모른다. 내 친구 클레르가 그 남자애의 품 안에 머무는 동안, 남자 없는 세상에 사는 내 외로움과 줄지 않는 몸무게에 대한 고민은 깊어만 갔다. 내 삶의 매 페이지 구석에서 말이다. 상투적이지만 비유를 하자면.

헥토르와 클레르는 나는 초대도 받지 못한 케빈의 파티에 함께 가기로 했다. 날이 저물어 어둑어둑할 무렵, 클레르는 파티에 가는 길에 나를 보러 우리 집에 찾아왔다. 파티용 모자를 쓴 그녀는 내 침대 끝자락에 앉아서 주저하며 내게 물었다.

"너 진짜 안 갈 거야?"

나는 짐짓 관심 없는 척했다.

"난 별로. 알다시피 케빈이랑 중학교 때 안 좋은 기억도 있고. 요즘엔 잠잠하더라도. 난 걔가 나한테 사스키아 베네라고 했던 걸 절대 잊을 수가 없어."

"잊어. 케빈도 변했어…… 그리고 우리는 이제 고등학생이잖아!"

"집에 오기 전에 클로에네 가게에 들렀는데, 클로에가 나더러 과거 일도 있으니 파티에 가지 않는 게 좋겠다고 하더라."

"그래. 결정은 네가 하는 거지, 사스키아. 클로에 말이 맞을지도 몰라……"

클레르는 나를 끈질기게 설득하지는 않았다. 그녀도 얼마 전 헥토르네 파티에서 내가 혼자 구석에 처박혀 있었던 것을 알고 있었다. 왜냐하면 에리크, 히데토시, 그리고 그녀 외에는 아무도 나를 신경 쓰지 않았으니까. 클레르는 또한 내가 파티 후에 아무도 바래다주는 사람 없이 혼자 집으로 돌아가는 걸 싫어했지만, 사실 내가 파티에 가면 언제라도 그런 상황이 벌어질 수 있었다. 무엇보다 클레르 역시 케빈의 의도에 의심을 품고 있었다. 그도 그럴 것이 반 전체에서 케빈의 파티에 초대받지 못한 사람은 단 한 명, 나뿐이었다. 이 사실 자체가 일종의 경고일지도 몰랐다. 지난 2년간은 잠잠했지만 또다시 나를 괴롭힐지도 모른다는. 그래서 클레르는 나를 밀어붙일 수가 없었다. 그녀는 헥토르와 나 사이에서 어떻게 처신해야 할지 갈피를 잡지 못했다. 어쨌든 확실한 것은 내가 둘의 연애에 끼어들 필요는 없다는 점이었고, 우리 둘 다 그 사실을 알고 있었다. 적어도 연애 초반에는.

이런 상황을 받아들이는 게 쉽지는 않았지만 우리는 굳이 말로 표현하지 않고서도 서로를 이해했다. 클레르는 결국 그녀의 하얀 모자와 한껏 쪼그라든 나를 내 방에 남겨 둔 채 떠났다. 그녀가 떠나자 나는 더욱 외로워졌다. 나는 클레르가 두고 간 모자를 쓰고 사진을 몇 장 찍어서 그녀에게 전송했다. 모자는 내게 썩 잘 어울렸다.

그날 밤은 클레르 없이 보내는 첫 번째 토요일이었다. 나는 침대 한편에서 만화 주인공 타마라처럼 부모님 몰래 파프리카칩을 먹으며 〈가십 걸〉 시즌 3을 보았다. 제니가 일으킨 혼란 때문에 세리나와 네이트는 헤어지게 될까? 그날 밤 나 말고는 아무도 이 문제에 신경 쓰지 않았다.

일요일에 할머니 댁에서, 나는 이리저리 뛰어다니며 축구를 하는 애들 가운데 에리크를 보지 못했다. 안경까지 써 봤는데도. 그러자 더욱 혼자라고 느껴졌다. 그런데 월요일 아침 등굣길에 에리크가 내게 뒤라스의 책을 돌려주면서 왜 케빈네 파티에 오지 않았냐고 물었다.

"너 찾았었어. 분위기는 뭐 그저 그랬는데 내 친구 리암이 카펫 위에 토를 한 거야. 냄새가……"

"으……"

"넌 뭐 했어?"

에리크에게 모든 것을 다 얘기해야 할까? 내 인생, 내 작품, 사스키아 베네, 서비스로 통통이 얘기까지? 그건 불가능했다. 자상한 에리크는 내 얘기를 들으면 나를 응원하려 하겠지. 그렇게 되면 우리는 우정 구역으로 직행이다. 그리고 그와 함께하는 다른 미래는 영영 사라져 버리겠지.

아니, 그건 싫었다.

13

고등학교 2학년 때의 첫 사건은 그로부터 한 달 뒤에 벌어졌다. 그 무렵 클레르는 늘 헥토르와 붙어 다녔다. 둘은 완전히 연인이 되었고 그 사실을 숨기지 않았다. 학급의 다른 애들은 보통 몰래 사귀는데 말이다. 둘은 옷까지 맞춰 입었는데 매주 금요일이면 헥토르는 검은색, 클레르는 흰색 옷을 입었다. 그걸 본 선생님들도 딱히 뭐라고 하지 않고 어깨만 으쓱할 뿐이었다. 클레르가 나와 같이 다닐 때는 그녀의 남자친구가 복습해야 할 게 많을 때였다. 그녀는 그걸 숨기지 않고 내게 말했다. 내가 이런 질문을 했을 때 클레르는 미소를 지었다.

"그래서 키스는 더러웠어?"

"아니, 깊고 짜릿했지."

두 사람은 토요일 저녁 시간을 함께했고 때때로 일요일에도 만났다. 그리고 주중 점심시간에 학교 식당에서 함께 밥을 먹었다. 케빈과 마티아스도 함께. 이 둘 때문에 나는 그 테이블에서 반기는 인물이 아니었다. 왜냐하면 걔네는 '수준에 맞는 여자애 기준'이 있었기 때문이다. 언젠가 케빈이 제 입으로 말한 표현이었다. 정작 본인들은 그리 잘생긴 편도 아니면서. 겨우 평균이나 될까. 점수를 매긴다면 10점 만점에 4점 정도. 잠깐, 그런데 이렇게 사람의 외모에 점수를 매겨도 될까? 한 사람의 신체적 결함을 과녁에서 빗나간 총알처럼 헤아리면서…… 말도 안 되는 거지.

클레르와 헥토르 이야기로 돌아가자면, 둘은 서로 도저히 떨어져 있지 못할 때는 금지된 데이트도 즐겼다. 헥토르는 가능한 한 언제나 등하굣길에 클레르를 오토바이로 태워다 주었다. 그러면서 자연스럽게 클레르의 부모님에게도 인사를 드리게 되었고, 그들은 헥토르를 마음에 들어 했다. 헥토르가 우리 반 최고의 우등생이었다는 사실을 잊지 말아야 한다. (모든 부모님은 우등생을 좋아하게 마련이다.) 케빈과 로리안이 헥토르 뒤를 이었고, 내가 그다음이었다. 문학 과목에서만 그랬지만. 나는 다른 과목에서는 중위권이었다. 나는 읽는 것을 좋아했다. 조금씩 조금씩 독서가 얼마나 큰 위로를 줄 수 있는지 깨달아 갔다. **얌전히 있으라, 오 나의 고통이여, 더 고요히 있어다오.** * 좋은 글들이 어디까지 내 삶에 대한 의문에 답해 주고, 내 문제를 객관화해 줄 수 있는지 깨달아 갔다. 제 그림 속 인물들이 뚱뚱하다고요? 아니요. 그들은 풍만한 몸을 지닌 것뿐이에요. 그건 마법 같은 일이고 유혹적이기도 하죠. 저는 거기에 매료돼요. 오늘날 회화에서는 풍만함이 완전히 사라져 버렸어요.**

나는 내 세계에서 클레르의 공백을 독서로 메웠고, 글들은 내게 피난처가 되어 주었다.

책 읽는 속도는 점점 더 빨라졌다. 책과 함께하면 외롭지 않다. 우리는 글에서 진정한 위안을 얻는다. 내가 얼마나 책에 빠져들었냐면, 소설이나 시에서 마음에 드는 구절들을 줄줄 외울 정도였다. 문학 선생님은 나의 이런 모습을 열렬히 환영했다. 선생님은 다른 학생들에게 과제에서 좋은 점수를 받으려면 반드시 적절한 인용구와 구체적인 예시를 포함해야 한다고 설명했다. 때때로 내 과제를 반 아이들 앞에서 읽기도 했다. 그럴 때는 자랑스러운 한편 부끄러웠다. 어쨌건 이 일이 나를 별 볼일 없는 애라고 생각했던 아이들의 시선을 조금이나마 바꿔 놓았다. 실제로 아이들이 그렇게 생각하고

＊샤를 보들레르, 「묵상」, 『악의 꽃』.
＊＊"왜 당신 그림 속 인물들은 뚱뚱한가요?"에 대한 콜롬비아 화가 페르난도 보테로의 대답.

있었는지는 모르겠지만, 나는 그렇게 느끼고 있었다.

내 스프링 노트와 워드 파일은 어느새 책에서 발췌한 구절들로 가득 찼다. 그간 맹렬히 책을 뒤적거리면서 기록해 온 엄청난 양의 자료가 축적되었고, 나는 그걸 클라우드를 통해서 친구들과 공유했다. 에리크는 특별히 다른 애들보다 더 많은 자료를 볼 수 있게 했다. 그는 내가 자료에 덧붙여 놓은 메모를 보고 웃었다.

"언제나 뒤로 앉는 사람이 누구인지 알아?"

"글쎄…… 모르겠는데."

"세상에서 가장 멋진 옥좌라도, 인간은 언제나 자기 자신의 엉덩이로 앉는다. 16세기에 몽테뉴가 했던 말이야."

"멋진데! 몽테뉴는 그냥 구닥다리 사상가라고 생각했는데. 다음번 문학 숙제 어떻게 해야 좋을지 조언 좀 해 줄래? 난 2번 주제를 골랐거든. 소설가는 늘 특별한 인물을 소재로 써야 하는가?"

"내가 너라면 반론을 제시하겠어. 예를 들어 조르주 심농은 이런 이야기를 했어. 소설의 인물은 우리가 길에서 마주치는 그 누구라도 될 수 있다. 하지만 그들은 자신의 극한까지 내달리는 사람이어야 한다. 어때?"

"와, 너 정말 대단하다."

다시 사건 이야기로 돌아가면, 그 일은 정확히 문학 수업이 시작된 직후에 벌어졌다.

어느 월요일 아침, 수업 시작 전이었다. 수업까지 7분가량 남아 있었기에 나는 내 가방을 책상 위에 두고 클레르, 카렌, 로리안과 함께 로비에 있는 자판기로 따뜻한 코코아를 마시러 갔다. 우리는 문학 선생님과 함께 교실로 들어왔다.

"어서 자리에 앉고 노트 꺼내라. 1번 주제부터 시작하자."

다른 아이들처럼 나도 내 가방을 열었다…… 그런데 가방 안에는 뭔가 이상한 일이 벌어져 있었다.

14

가방 안에 손을 넣자 노트가 잡혀야 할 손에 무언가 다른 것이 잡혔다. 그래서 나는 얼른 그것을 꺼내 책상 위에 올려놓았다. 내가 그게 엄청난 크기의 과자 상자(빈 상자)라는 것을 알아차리기도 전에 반 아이들 절반이 책상을 두드리며 웃기 시작했고, 몇몇은 혐오스럽다는 듯 수군댔다. 나는 일을 되돌리려 했지만 때는 이미 너무 늦어 버렸다. 뒤쪽에서 누군가가 말했다.

"쟤는 하루 종일 먹나 봐."

내 뒤에서도 한마디 거들었다.

"진짜 심하다. 역겨워."

그때, 내 자리에서 두 줄 앞에 앉은 케빈과 마티아스가 서로 눈빛을 교환하는 모습을 보았다. 그들이 자신들의 유치한 장난을 뿌듯하게 여기는 동안, 나는 뺨이 붉게 달아오르는 것을 느꼈다. 그들은 조금 전 내가 친구들과 자리를 비웠을 때 내 가방에 이 시한폭탄을 넣어 두고 나를…… 보이는 것과 같은 사람으로 만들려고 했다. 적어도 첫눈에 보이는 모습 말이다.

절망적이었다.

어디론가 숨고 싶었다. 심지어 내가 좋아하는 문학 선생님마저도 실망스러운 눈빛으로 나를 쳐다보고 있었다. 나는 해명도 못 한 채 범죄자라도 된 것처럼 시선을 내리깔았다. 그리고는 범죄에 사용된 무기를 쓰레기통에 버리기 위해 일어났다. 내 손은 떨리고 있었고, 등 뒤로 반 아이들의 흥분이 느껴졌다. 모두가 날 비웃는 듯했다. 아이들이 마지막 한 방으로 더러운 종이 뭉치를 내게 던져 댈 것만 같았다. 쓰레기통 위로 몸을 숙이면서 나는 기어들어 가는 목소리로 말했다.

"누가 제 가방에 이걸 넣었어요, 선생님."

선생님이 내 말을 들었는지 확실치 않았다. 선생님은 아무 대답 없이 가방에서 꺼낸 프린트를 정리하고 우리에게 조용히 하라고 한 뒤 수업을 시작했다. 선생님은 왜 이 일에 대해서 아무런 조치도 취하지 않는 걸까? 몇 분이 더 흐르고 내가 수치심으로 녹아들어 갈 때쯤 선생님이 아이들에게 물었다.

"누가 몰래 사스키아 가방을 열었지?"

그 순간 교실 안이 얼마나 조용했던지 파리 날아가는 소리도 들릴 것 같았다. 반 아이들을 훑어보고 나니, 대부분은 이미 이것이 나를 겨냥한 장난임을 알고 있다는 사실을 깨달았다. 나는 학교에서 단 한 번도 구내식당 외의 장소에서 무언가를 먹은 적이 없었다.

집에서도 마찬가지였다. 나는 다른 사람들에게 먹는 모습을 보이기 싫었기에 늘 숨어서 먹었다.

예상했던 대로 아무도 누가 그랬는지 용기 내어 말하지 않았다. 나는 빨리 이 사건을 덮어 버리고 싶을 뿐이었다…… 이 상황을 견디기가 너무 힘들었다. 가장 힘든 점? 그건 바로 아무렇지도 않은 척하는 일이었다. 강하고, 쉽게 건드릴 수 없는 사람이 되는 것. 그래서 저 두 명이 더 이상 나를 공격하지 못하도록.

에리크는 그날 결석했다. 집으로 혼자 걸어가면서, 오늘 사건이 벌어졌을 때 클레르가 나를 도와주지 않았던 것이 떠올랐다. 클레르는 범인이 누구인지 지목하지 않았다. 그건 분명히 마티아스와 케빈 짓이었다. 하지만 클레르는 그렇게 생각하지 않았다.

"증거도 없이 의심할 수는 없어. 왜 그 애들 짓이라고 생각해?"

"그럼 누구겠어? 케빈은 처음도 아니잖아."

"케빈 얘기는 전에도 했잖아. 그 애도 이제 철들었다고…… 더 이상 쉬는 시간에 애들처럼 그런 일을 벌이지 않는다고. 난 매일 그 애들이랑 같이 점심 먹잖아. 정말 괜찮은 애들이야."

"어찌나 괜찮은 애들인지, 걔네는 나랑 내 식판은 자기들한테서 멀찍이 떨어져 있기를 원하지. 나같이 천민으로 분류된 애들은 구석진 자리에 있는 내 구역에서 조용히 먹어야 한다고 생각하는 애들이야. 섞일 수 없는 거지."

"걔들은 그런 얘기 한 적 없어. 적어도 나는 그 비슷한 말도 못 들었어. 걔네는 네가 내 친구이고 만약 무슨 일이 생기면 내가 가만있지 않을 거라는 사실을 알아."

"과연 그럴까?"

"너 상상이 지나쳐, 사스키아……"

"내가 그 애들 눈빛을 봤어, 클레르. 둘이 눈으로 신호를 주고받았다고."

"내일 우리랑 같이 점심 먹자. 네 눈으로 직접 확인할 수 있을 거야. 게다가 난 다시 너랑 점심 먹게 된다면 기쁠 거야. 그동안 네가 그리웠거든. 그렇게 하자. 내일 우리랑 같이 먹는다고 해 줘."

클레르에게는 쉬운 일이었다. 모두가 그녀를 스스럼없이 받아들였고, 그녀랑 함께 다녀서 부끄러워할 사람은 아무도 없었다. 하지만 내게는 그 아이들을 마주하고 그 눈빛을 견뎌야 하는 것이 고역이었다.

"난 별로 안 내켜."

침묵이 흘렀다. 그러나 갑자기 우리는 다시 팔짱을 끼고 마치 아무 일도 없었다는 듯 서로에게 미소를 지었고, 그렇게 모든 게 가벼워졌다. 우리 둘 다 호락호락한 사람은 아니었지만, 나는 우리 사이가 멀어지는 것을 원치 않았다. 그래서 꾹 참았다. 비록 속으로는 매우 불쾌했지만. 이 사건은 내게 이 모든 일이 처음 시작된 그 시절을 강하게 연상시켰다…… 나의 고난기. 나는 이제 스스로 최대한 무장하고 아무에게도 기대지 말아야 했다.

집에 도착할 때쯤 나는 그런 생각을 하고 있었다. 벌써 날이 어두워졌다. 아파트 입구에 있는 우편함 앞에서 우리 동네 매력남 클레망과 마주쳤다. 그는 우편물을 꺼내면서 크게 한숨을 내쉬었다.

"이런, 고지서뿐이군. 하루 종일 일하다 돌아왔는데 돈 내라는 우편물만 반기다니 정말 재미없다!"

클레망은 내 주의를 끌려고 했다. 클레망이 비난을 던지고 있던 우편물을 쳐다보면서 나는 찡그린 얼굴로 그의 미소에 답했다.

"어이, 사스키아, 잘 지내?"

나는 얼른 "응"이라고 답하고는 엘리베이터 버튼을 눌렀다.

엘리베이터 안에서 나는 오늘 결석한 에리크에게 수업 노트를 가져다줘야 한다는 생각이 들었다. 순간 나는 혼란스러워졌다. 에리크 앞에서, 우스꽝스러워지지 않으면서, 오늘 문학 시간에 벌어졌던 일을 이야기할 수 있을까? 내 몸무게 문제를 부각하지 않으면서?

갑자기 한 가지 기발한 생각이 머리를 스쳤다. 마티아스와 케빈에게 공을 돌려주는 것이다. 이 유치한 생각이 우리를 중학교 시절로 돌려보낼 것만 같았다. 한심하긴. 하지만 나는 그 생각을 떨치기 어려웠다.

나는 엄마가 내 장난감 상자들을 둔 창고 방으로 기어들었다. 행복했던 나날의 물건들. 엄마가 워낙 물건을 정리하는 데 소질이 있어서 나는 바로 찾던 물건을 발견해 내 방으로 가져왔다. 바비 인형 세 개. 휴대전화가 울리자 나는 웃는 목소리로 전화를 받았다. 클레르였다.

"너 기분이 나아진 것 같은데?"

"그럴지도. 응. 사실 좋은 생각이 떠올랐거든."

"어떤 생각?"

"반격."

"반격을 하겠다고? 누구한테?"

"헥토르의 두 패거리지."

"난 네가 이 일을 그냥 넘기기로 한 줄 알았는데?"

"그래, 클레르. 물론이지. 그렇지만……"

"마음 내키는 대로 해. 네 생각을 존중할게. 하지만 농담이었으면 좋겠다, 사스키아. 그렇게까지 할 필요는 없어."

전화를 끊은 나는 코트를 입고 장갑을 끼고는 엄마, 아빠에게 곧 돌아온다는 문자를 보낸 뒤 집을 나섰다.

에리크에게 노트를 가져다주어야 했기에 서둘렀다.

15

에리크네 집 앞에 도착했을 때 나는 초인종을 누르지 않았다. 여기까지 찾아올 용기를 낸 건 처음이었다. 에리크네 아파트는 우리

아파트와 거의 똑같은 모양이었다. 조용하고 단정하게 잘 정비되어 있었고, 복도 끝에는 커다란 파란색 항아리 장식이 과하지 않게 놓여 있었다.

내 친구를 오늘 있었던 사건에 끌어들이고 싶지 않았기에 나는 수업 노트 복사본을 에리크네 집 현관문 앞에 있는 매트에 올려놓고, 집으로 돌아가는 길에 그에게 전화했다.

"오늘 수업 노트 너희 현관문 앞에 놔두고 왔어. 괜찮지?"

"고마워! 독감에 단단히 걸렸어. 죽겠다. 그저께는 축구 연습 경기도 못 갔어. 알지? 너희 할머니 댁 옆에 있는 운동장에서 하는 거. 컨디션이 영 안 좋아서 말이지…… 넌 별일 없어?"

"나? 별일 없지."

내가 그에게 달리 무슨 말을 할 수 있을까? 내 몸이 너무 뚱뚱해 보일까 봐 양궁 수업에 빠졌다는 말을 해야 할까? 내가 제일 좋아하는 선생님 수업 시간에 반 아이들 전체 앞에서 모욕을 당했다는 이야기를 해야 할까?

집으로 돌아오니 부모님이 나를 기다리고 있었다. 운동복을 입은 채 지쳐 보이는 얼굴로 소파에 늘어져 텔레비전을 보고 있었다. '더는 안 믿어'라는 표정으로 저녁 8시 뉴스를 시청하던 중이었다.

"조금 전에 치즈 피자 시켰어. 너무 피곤해서…… 너 다이어트 해야 되는데 미안하구나."

난 속으로 쾌재를 외쳤다.

볼로네제 스파게티나 베네나 피자가 딱 먹고 싶었는데!

기괴한 하루에 대한 생각은 머릿속에서 사라졌다. (기괴하다고밖에 표현할 수 없는 일이었다.) 내가 만일 부모님에게 학교에서 벌어졌던 일을 이야기한다면 부모님은 내게 피자를 먹지 못하게 하고도 남았다. 내가 낮에 학교에서 어떤 봉변을 당했는지 모르면서도 부모님은 내 기분이 별로임을 눈치챘다.

"조금 전에 클레망을 만났어. 그 애가 아까 네가 아파트로 들어올 때 풀이 죽어 있는 것 같다고 하던데."

"클레망이 이제 엄마, 아빠한테 그런 얘기까지 해요? 완전히 감시당하는 기분이네요."

아빠가 한숨을 내쉬면서 대답했다.

"그럴 리가 있겠니. 우리가 네 걱정을 하는 걸 알고 그런 것뿐이야. 요새는 학교에서 괴롭힘 당하는 일 없는 거니? 혹시라도 그런 일 있으면 아빠가……"

"그만요. 아무 일 없어요. 반 친구가 아파서 신경이 쓰였던 것뿐이에요. 오늘 그 애가 수업에 못 나와서 조금 전에 수업 노트 가져다주고 오는 길이에요. 그게 다예요."

엄마가 안심한 얼굴로 미소를 지었다.

"남자친구니? 장하다 내 딸, 엄마는 정말 기쁘구나."

"엄마가 생각하는 그런 거 아니에요. 그냥 친구예요."

"그래도…… 노트까지 가져다주었다면서……"

"그래서요?"

"……"

엄마는 두 팔을 하늘을 향해 쳐들었다. 엄마, 아빠는 눈치가 빨랐다. 부모님은 이제 막 나와 에리크 사이의 특별한 관계를 알아차렸다. 하지만 나는 아무것도 인정하고 싶지 않았다. 그건 짝사랑일 뿐이었기에 최대한 말을 아껴야 했다.

식사를 마치고 빠르게 부엌을 정리한 뒤 나는 엄마, 아빠에게 안녕히 주무시라고 뽀뽀를 했다. 부모님의 호기심 어린 눈빛을 피하기 위해서였다.

"방에 가서 숙제할게요."

하지만 나는 수업 노트를 펼치지 않았다. 낮에 있었던 과자 상자 모욕 사건이 점차 고통으로 변해 갔다. 이 장난은 나를 상처 입히고 이 세상 밖으로 내쫓았다.

이어폰을 끼고 볼륨을 한껏 올린 채 제이크 버그의 〈누가 그러더라Someone Told Me〉를 들으면서, 나는 최근에 읽고 있던 책을 다시 꺼내 읽기 시작했다. ('빅Big'이라는 명료한 제목의 책이었다.) 하지만 곧 같은 구절을 반복해서 읽고 있는 나 자신을 발견했다. 오늘 있었던 일이 계속 생각나서 도무지 책에 집중할 수가 없었다. 나는 절대로 다른 여자아이들처럼 될 수가 없었다. 그냥 그럴 수가 없었다. 나는 클레르에게 문자를 보냈다.

"뭐 해?"

클레르는 내 문자를 보고 바로 스카이프에 접속했다.

"침대에 누워서 영화 보고 있었어. 침대 영화관을 위해서 엄마 몰래 부엌에서 슈웹스 캔도 몇 개 가져왔어."

"무슨 영화 보는데?"

"오디아르 감독의 〈내 마음을 읽어 봐〉. 너도 관심 있어?"

"당연하지. 그 영화 얼마나 좋아하는데. 뱅상 카셀 연기가 최고인 작품 중 하나잖아."

"맞아. 그럼 우리 각자 침대에서 이 영화 함께 볼까? 네가 같이 본다면 나도 처음부터 다시 볼게. 어때, 그렇게 할래?"

"좋아! 계속 스카이프에 접속해 있는 거야."

그날 밤 우리는 클레르가 헥토르를 만나기 이전 시절로 돌아갔다. 세상에 그녀와 나 단둘이 존재하는 듯했다. 우리는 카를라(청각장애인인 주인공)가 동료들이 그녀를 향해 내뱉는 음란한 말을 그들의 입술을 보고 읽어 내는 장면에서 함께 깔깔댔다. 폴(뱅상 카셀)이 조직의 보스에게 잡혀가서 물고문을 당하는 장면에서는 함께 비명을 질러 댔다. 우리는 스카이프로 연결된 채 처음부터 끝까지 영화를 함께 봤다. 잘 자라는 인사를 하면서 클레르가 내게 한 가지 제안을 했다.

"내일 점심시간에 우리 샌드위치 세 개 사 가지고 클로에 가게로 놀러 가서 다 같이 점심 먹자. 예전처럼."

나는 그때 내 바비 인형들을 마티아스와 케빈의 가방에 슬쩍 넣어서 그들을 놀래 주려 했던 계획을 거의 단념했다. 클레르 덕분에 다른 즐거운 생각을 할 수 있었다.

마음이 누그러진 나는 우리의 변치 않는 우정을 생각하면서 편안히 잠자리에 들었다. 그렇게 해서 월요일의 사건은 속편 없이 마무리되었다.

16

다음 날, 우리는 계획했던 대로 케밥 세 개를 사서 클로에의 가게로 쳐들어갔다.

"좋아 아가씨들, 우리 오두막에 가서 먹도록 하자. 2시 수업 시작하기 전에 돌아올 수 있어. 여기서 멀지 않거든, 3킬로미터 정도야. 소나무와 포도나무 숲속에 있는데. 어때, 가 보고 싶어?"

"좋아요!"

"자, 마차에 올라타세요."

클로에의 승합차 뒤편에 달린 아치형 장식이 딸까닥거리며 흔들렸고, 라디오에서는 데이비드 보위의 노래 〈저항하라 저항하라 Rebel Rebel〉가 흘러나오고 있었다. 보위는 엄마가 제일 좋아하는 가수다. 나는 이 분위기가 좋았다. 우리 셋은 마냥 들뜬 소녀들처럼 콧노래를 흥얼거렸고, 노래가 후렴에 다다랐을 때는 힘껏 손뼉을 쳤다. 하지만 내 머릿속 깊은 곳에서는 말 못 할 번뇌가 자리하고 있었다. 오늘 아침, 알람 시계가 울리자 그 일이 되살아났다. 나는 또다시 전날 내 가방에서 나왔던 과자 상자와 사악한 케빈에 대해 생각했다. 애써 나 자신에게 그건 단지 어리석고 유치한 장난질에 불과하다고 되뇌면서……

클로에는 라디오를 끄고 머리끈을 풀기 위해 그녀의 곱슬곱슬한 머리로 손을 가져갔다.

"여기 경치 참 좋아. 보고 있어?"

그녀의 승합차가 떡갈나무와 소나무가 길 양옆으로 펼쳐진 길로 들어서고 있었다. 바닥의 자갈이 차바퀴에 눌려 달그락거렸다. 이윽고 차에서 내렸을 때, 숲속의 고요함과 풀 향기가 우리 몸을 감쌌다. 우리는 팔을 하늘로 쭉 뻗어 기지개를 켰다. 그곳에 클로에의

'성'이 있었다.

"아, 이따 수업 가기 싫어질 것 같아." 클레르가 말했다.

클로에의 오두막은 지은 지 무려 100년이 넘은 곳이었다. 돌을 겹겹이 쌓아 올린 오두막 벽 아래쪽에는 테라코타 단지 장식이 둘려 있었다. 포도 덩굴이 집의 남쪽 정면을 뒤덮고 현관문 주위를 감싸고 있었다. 그곳은 마치 작은 천국 같았다. 클로에는 문을 열기 위해서 돌덩이 밑에 숨겨 둔 열쇠를 꺼냈다. 집으로 들어가면서 그녀가 말했다.

"휴식이 필요하면 언제든 놀러 와."

"와, 정말 고마워요. 친구랑 같이 와도 돼요?"

"그럼. 하지만 여기는 인적이 드문 곳이니 조심해. 아무나 데려오면 안 돼."

"알겠어요."

"아버지가 돌아가셨을 때 대단한 유산을 상속받지는 못했지만 이 조그만 별장과 생빅투아르산이 한눈에 보이는 포도밭을 물려받았어. 아버지가 포도주 양조장을 운영하셨거든. 모로코 출신인데 여기에 정착하셨지."

나는 가방에서 케밥을 꺼내면서 뭐 잊은 건 없는지 생각했다.

"클로에, 여기 물 있어요? 음료수 사는 걸 깜박했네요."

"당연하지. 수돗물 마실 수 있어. 집 구경 시켜 줄게."

거실에서는 왁스 냄새가 났다. 꽤 넓은 공간에 귀퉁이에는 재래식 벽난로가 있었고, 검은 들보가 천장을 가로질렀다. 바닥에는 프로방스 지방 전통 농가 특유의, 흙으로 구운 붉은 육각형 타일이 깔려 있었다. 한쪽 구석에 잡지와 책으로 뒤덮인 낡은 가죽 소파가 눈에 띄었는데, 그곳에 파묻히고 싶었다. 거실 옆 조그마한 방에는 더블 침대 하나가 덩그러니 있었다. 그 밖에는 의자 하나, 프랑스혁명기 엑상프로방스의 풍경을 담은 그림 한 점, 기둥에 걸린 라벤더 다발뿐이었다. 집 안쪽에는 부엌과 욕실이 있었는데, 어둡고 구석진 샤워실에서 파브르사의 초록색 정육면체 모양 마르세유 비누 향이 은은히 풍겼다.

클레르가 한숨을 내쉬며 중얼거렸다.

"헥토르와 함께 와야겠어. 지켜보는 눈들 없이 키스하려면. 여기 너무 좋아요, 클로에."

사치스러운 물건이라곤 없는 이곳은 내게 농민들의 삶과 마르셀

파뇰의 영화에 나오는 황무지를 떠올리게 했다. 나는 언제나 그러 듯 어느새 상상의 나래를 펼치고 있었다. 우리가 자기 자신과 자신 의 세계관, 그리고 순간순간 느끼는 감정을 더하지 않고 과거의 삶 을 재현하는 일은 불가능해 보인다. 비록 기록과 사진이 남아 있다 해도 과거는 이미 지나가 버린 일이다. 과거를 재현할 수는 없다. 상 상할 수는 있어도. 하지만 나는 내가 어렸을 때, 아직 조그맣고 날 씬하고 철없던 시절을 현재의 내 삶으로 가져오고 싶었다. 나는 여 전히 갈피를 잡지 못하고 있었다. 우리가 함께하는 이 순간이 행복 했음에도.

클로에가 벽난로에 있는 잔가지와 판자 더미에 불을 붙였다. 장 작 타는 냄새에 우리는 허기를 느꼈다. 그래서 얼른 밖으로 나가 철 제 테이블에 케밥과 오렌지를 펼쳐 놓았다. 겨울이었지만 옷을 두 둑이 입어 추위가 두렵지 않았다. 우리가 말을 할 때마다 입에서 하 얀 김이 나왔지만 마냥 즐거울 뿐이었다…… 행복한 시간이었다. 나는 클로에에게 전날 학교에서 있었던 일을 이야기하면서도 고통 스럽지 않았다. 그 사건이 케빈과 마티아스 짓이었다고 말하는 순 간 클레르가 끼어들었다.

"잠깐만, 그건 아직 모르는 일이야……"

클로에가 내게 물었다.

"오늘 아침에 누가 또 괴롭혔니?"

"아니요, 아무 일도요."

"그럼 바비 인형 복수는 관두는 게 어때. 누가 그랬는지 확실히 알아야 복수할 수 있지 않겠어? 여하튼 내 의견은 그래."

오후 2시에 학교로 돌아왔을 때 내 가방 안쪽에는 바비 인형이 숨어 있었다. 쉬는 시간에 교실을 나올 때도 가방을 어깨에 메고 나왔다. 또 당할 수는 없지. 그날은 아무 일도 일어나지 않았다. 은밀한 눈빛 신호도 감지되지 않았다.

에리크는 병원에 가야 해서 그날도 등교하지 않았기에 나 혼자 집으로 돌아갔다. 가방 안에 든 바비 인형의 무게가 내 어깨를 짓누르기 시작했다. 식욕부진에라도 걸린 듯 날씬하기만 한 바비 인형이니 당연히 실제로 무겁지는 않았다. 하지만 그 인형들은 내가 벗어나야 할 모든 콤플렉스를 상징했다. 아파트 앞에 도착했을 때 나는 몇 초간 멈춰 섰다. 관리인은 방금 퇴근한 모양이었다. 나는 가방 안에서 인형들을 꺼내어 모조리 쓰레기통에 버렸다.

막 아파트로 들어가려는 순간 귀에 익은 목소리가 나를 불렀다.

"사스키아, 너 뭐 해?"

에리크였다.

"어…… 너 열이 39도까지 오른 거 아니었어?"

"그랬었지. 지금 병원 다녀오는 길인데, 이제 괜찮대. 내일이면 다시 학교에 갈 수 있을 것 같아. 넌?"

"그럭저럭. 수업 노트 필요하지? 스캔해서 좀 이따 보내 줄게."

"응…… 근데 내가 꿈을 꾼 게 아니라면 너 좀 전에 인형들 버린 거 맞아?"

"너 꿈꿨어."

어제 일을 말하지 않기 위해서 나는 대충 얼버무렸다. 이 오래된 인형들을 버리는 것으로 나는 (상징적으로) 어제의 사건에서 벗어났고 다시는 그 일을 떠올리고 싶지 않았다.

나는 에리크에게 인사한 뒤 어리둥절해하는 그를 남겨 두고 황급히 자리를 떴다.

나는 『나이트 스쿨』 1, 2, 3권을 바리케이드처럼 쌓아 놓고 침대에 누워서 상황을 종합해 보았다. 오늘 평화로운 하루를 보냈고 기분도 나아졌다. 내 삶은 휘청했지만 그리 심하진 않았고, 이대로도 견딜 만했다. 한 번 흔들렸지만 그뿐이었다.

그냥 이대로 흘러가게 두어도 될 듯했다.

하지만 한 달 뒤 또 다른 사건이 터졌고, 이번에는 상황이 좀 더 심각했다.

그 일은 사전에 철저히 계획된 것이었다.

17

그 주의 시작은 특별하지 않았다.

에리크와 나는 귀에 이어폰을 꽂은 채 서로 대화를 하지는 않았지만 기분 좋게 학교로 가고 있었다. 바비 인형 이야기는 꺼내지 않았다. 화요일이었고, 오전에는 수학 시험이 있었다. 여느 때와 달리 나는 별로 스트레스를 받지 않았다. 내가 좋아하는 노래인 벤자민 비올레의 〈아무것도 후회하지 마〉를 반복해서 듣고 있었다.

학교 정문을 10미터쯤 앞두고, 내 휴대전화 진동이 울렸다. 나는 전화를 꺼내서 확인하지 않고 그냥 계속 걸었는데, 1분쯤 뒤에 다시 진동이 울렸다. 교문을 지날 때쯤에는 이미 문자가 다섯 개나 와 있었다. 평소라면 이 시간에 아무도 나를 찾을 일이 없었다. 뭔가 비상사태라도 벌어진 게 틀림없었다…… 엄마, 아빠, 아니면 할머니가 편찮으신가? 나는 걱정이 되어 벤치에 앉아서 휴대전화를 확인했다. 문자 열 개, 부재중 전화 세 통, 그리고 바이버Viber, 라인Line, 와츠앱WhatsApp으로도 메시지가 와 있었다. 모두 모르는 번호들이었다. 적어도 가족에게 닥친 무서운 응급 상황은 아닌 듯했다. 그런데 이 사람들이 왜 내게 연락한 거지?

"새 소르베 제조기에 관심 있어요."

"와플 틀은 몇 년도 제품이에요?"

"튀김기??!!"

"타르트 틀 가격을 2유로로 할인해 주면 사고 싶어요."

모든 메시지가 조리 기구에 대한 내용이었다. 몇 분 뒤, 벤치에 붙

박여 있던 나는 이상한 기분이 들었다. 메시지를 모두 지우고 주위를 둘러보았다. 내게 무슨 일이 생긴 거지? 뭐가 잘못된 걸까? 이 많은 사람들 한가운데서 어쩌면 이토록 혼자라는 기분이 들 수가 있는지. 학교 안뜰에는 언제나 같이 어울리는 무리끼리 각자 자신들의 구역에 자리 잡고 있었다. 에리크와 그의 친구들은 중앙 로비 앞 벤치에 앉아 있었고, 선생님들은 건물 뒤편 교무실 쪽으로 바삐 움직이고 있었다. 히데토시는 정문 앞에서 혼자 담배를 피우고 있었고, 그 뒤편으로 로리안과 남자친구가 학교 철책을 사이에 두고 입을 맞추고 있었다.

그날 아침, 3월의 신선한 아침 공기 속에서 내 머리는 혼돈으로 가득 찼고, 나는 균형 감각을 찾으려 애썼다. 혹은 어떤 구원의 손길이나 이 상황을 설명해 줄 실마리라도. 수업 시간을 알리는 첫 번째 예비 종이 울렸을 때 나는 소스라치게 놀랐다.

"이번에도 완전히 당했어. 내가 방심했어."

그때 카렌이 막 도착했다. 그녀는 내게 다가와서 내 어깨를 툭 치고는 물었다.

"너 어디 마법의 나라라도 다녀온 거야? 혼자 말하고 있네."

"어?"

"뭐가 뒤죽박죽이야? 뭘 어떻게 당했는데?"

"나 또 새로운 장난에 휘말렸어."

"그럼 혼자 있지 말고 이리 와. 로리안 만나러 가자."

"잠시만, 곧 갈게."

나는 케빈과 마티아스 그리고 헥토르와 클레르를 찾아보았다. 그들은 건물 입구 앞에 서서 조용히 이야기를 나누고 있었다. 내 친구가 나를 보고는 큰 소리로 불렀다.

"안녕, 사스키아. 이리 올래?"

"카렌이랑 로리안이 비탄의 철망에서 나를 기다리고 있어. 네가 이리로 와."

우리는 도로와 교내를 구분 짓는 울타리를 이렇게 불렀다. 클레르가 내 말에 동의했다.

"알았어. 헥토르 손에서 빠져나올 동안만 기다려."

클레르는 어린 소녀처럼 웃었다. 그녀가 남자친구에게 상황을 설명하고 잡고 있던 헥토르의 손을 놓는 동안, 나는 다른 두 명을 관찰했다. 상황을 파악하는 데는 1초면 충분했다. 내 시선을 의식한 케빈과 마티아스는 노골적으로 얼굴을 찌푸리며 내 얼굴을 뚫어지게 쳐다보았다. 자신들의 장난질로 한껏 의기양양해져서는 아무 일도 없다는 듯 가장하고 있었다. 꼴사납게도 그들의 얼굴은 빈정거림으로 가득했다. 우스꽝스럽지만 약삭빠른 놈들이었다. 케빈과 마티아스가 하도 은밀하게 움직였기에 나 말고는 누구도 그들이 한 짓을 간파하지 못했다. 하지만 그들의 행동만으로는, 어떻게 내가 알지도 못하는 열 명 넘는 사람들이 내 연락처를 알고, 내게 있지도 않은 가전제품을 사려고 나한테 연락했는지 알 수 없었다. 어쨌건 간에, 케빈과 마티아스가 그 원인 제공자라는 사실은 이제 막 내 눈으로 확인했다. 휴전 기간은 길지 않았다. 케빈은 다시 나를 겨냥해 전쟁을 일으켰고, 이번에는 마티아스도 함께였다.

케빈과 마티아스의 잔뜩 찌푸린 얼굴을 보고도 나는 마치 그들이 보이지 않는 양, 그들이 존재하지 않는 양 행동했다. 나는 그런 취급을 받는 게 얼마나 고통스러운지 알고 있었다. 당해 봤으니까…… 빈번히. 여자를 유혹하려는 남자들은 이런 말로 자신의 연극을 시작한다.

클레르에게 "아가씨, 정말 아름다우시군요"라거나.

카렌에게 "추우면 내가 따뜻하게 해 줄게"라거나.

혹은 로리안에게 "너한테 필요한 게 내게 있어"라거나. 때로는 우리 엄마에게까지도!

그럴 때 그들의 눈에는 그녀들만 보였다. 나? 절대 눈에 띄지 않았다. 그들의 뇌에 있는 필터가 나를 지워 버린 것이다. 나는 바람이었고, 공기였으며, 혹은 아무것도 아니었다. 유혹할 대상도, 고려할 대상도 아니었다. 나처럼 큰 공간을 차지하는 사람이 보이지도 않고 존재하지도 않을 수 있다니, 역설적이었다.

점심시간에 나는 친구들과 36번 교실에 모여서 내 새로운 문제에 관해 회의를 했다. 학교신문 편집장은 다음 호 마감 준비로 잔뜩 스트레스를 받고 있었다. 우리는 자판기에서 콜라를 하나 뽑아서 그에게 가져다주었다. 그리고 그가 빌려준 노트북으로 인터넷 검색을 해 봤다. 그러다 마침내 한 생활 정보 사이트에 올라온 문제의 광고를 발견했다.

와플 제조기 1개, 소르베 제조기 1개, 튀김기 1개, 일러스트 타르트 틀 2개, 거의 새 책인 10권짜리 요리책 한 질, 프랑수아 라블레의 『가르강튀아』('대식가'라는 뜻—옮긴이) 각 5유로씩. 사스키아 베녜. 전화번호 06 30 26 36 00.

거기에 내 이름이 적혀 있었다. 이 세상 모두가 잊었다 해도 나는 잊지 못한 바로 그 이름, 사스키아 베녜. 우리는 인터넷에 올라온 광고를 바로 내렸지만 오후에 또 다른 버전을 발견했다. 그 광고는 다름 아닌 교내 게시판 한가운데에 붙어 있었다. 특강 안내나 만화책 판매 광고 같은 게 올라오는 곳이다. 아마도 전교생의 절반 정도는 벌써 읽었을 터였다. 너무나 수치스러워서 나는 당장 그 종잇조각을 뜯어내 복도 쓰레기통에 버렸다.

클레르와 카렌과 로리안이 나를 위로했다.

"이런 짓 하는 놈들은 겁쟁이들이야."

학교신문 편집장 선배도 한마디 거들었다.

"정말 악질이네. 하지만 신경 쓰지 않을 수 있겠지?"

친구들의 위로에 나는 더 이상 혼자라고 느끼지는 않았지만, 누구도 나를 위해 이 일을 적극적으로 해결하려 들지는 않았다. 편집장은 명의 도용 문제를 이번 호 신문에 실을 수 있었지만 그렇게 하지 않았다. 마티아스와 친분이 있는 카렌은 마티아스와 케빈을 찾아가 상황을 더 알아낼 수 있었지만 역시 그렇게 하지 않았다. 클레르도 그 유치한 두 애들을 잘 다룬다고 했지만 그건 우리한테만 하는 얘기였다. 바로 그날 저녁에도 나는 클레르가 헥토르의 오토바이에 올라타기 전에 그 애들과 아무 일도 없었다는 듯 이야기를 나누는 모습을 보았다. 그녀의 이런 암묵적 배신이 케빈과 마티아스의 장난질보다 내 마음을 더 아프게 했다. 나는 다리가 후들거렸다. 살이 찌기 시작한 이래 처음으로, 나는 내 몸에 커다란 결함이 있다고 느꼈다. 마치 내 몸속이 텅 비어서 공기만 가득한 듯했다…… 너무 팽창해서 사람들 앞에서 빵 하고 터져 버릴 것 같은 풍선처럼.

터져서 사라져 버리는 것.

천 개의 조각들로.

버려지는 것.

나는 그대로 학교 정문으로 달려가서 학생증을 보여 달라는 수위 아저씨에게 아무 말도 하지 않은 채 밖으로 뛰쳐나왔다. 그리고 볼륨을 높인 채 음악 속으로 숨어 버렸다. 〈아무것도 후회하지 마〉.

1분도 채 안 돼서 에리크가 나를 따라잡았다. 에리크는 나를 따라 뛰면서 내 이어폰 한쪽을 빼냈다.

"뭐야, 나 기다리지도 않아? 다행히 내가 축구 선수였으니 망정이지 아니었음 너 따라잡지도 못했을 거야. 그나저나 수위 아저씨가 너 왜 그냥 가냐고 묻던데."

나는 대답하지 않았지만 걸음을 늦추었다. 에리크는 참을성 있게 다시 말을 이었다.

"오늘 아침에 수학 시험 망쳤어?"

나는 잠시 멈춰 서서는 그에게 화를 냈다.

"상관없는 일이야. 집에 가는 중이잖아. 말하고 싶지 않아."

에리크의 반응은 내 예상 밖이었다. 그는 아무 말도 하지 않고, 부드러운 손길로 내 귀에 다시 이어폰을 꽂아 주었다. 그리고 천천히 내 얼굴에 흐트러진 머리카락을 정리해 주고는 내 뒤쪽에 시선을 고정하고 미소를 지었다. 나는 그와 나 사이에 무언가가 흐르고 있다는 느낌을 받았다. 하지만 너무 두려웠다…… 그게 단순히 그의 동정심이거나 혹은 내 상상력의 산물일까 봐. 그래서 그 느낌을 믿지 않기로 했다. 나는 에리크에게 아무 말도, 고맙다고도 혹은 미안하다고도 하지 않은 채 다시 걷기 시작했다. 예외적으로 그는 아침이 아니라 저녁때인데도 후드를 눌러쓰고 있었다. 이마까지 푹 뒤집어쓴 후드 때문에 그의 눈도 보이지 않았다. 몇 분간, 나는 에리크의 손가락이 내 머리카락에 닿았던 감촉을 음미했다. 듣고 있던 음악이 나를 차츰 진정시켜 주었다.

평야를 걷고 있는 우리 발걸음
서로 멀어지는 것을 견디기 힘들어
이리 와서 함께 날아가자…… 아무것도 후회하지 마.

우리 집 앞에 다다랐을 때 우리는 손을 흔든 뒤 볼을 맞대었다. 에리크와 비즈(볼과 볼을 맞대는 프랑스식 인사―옮긴이)를 한 것은 처음이었다. 내 다리가 살짝 떨리고 있었다. 어쩌면 몸 전체가 떨리고 있었는지도 모른다. 학교에서 뛰쳐나와 그곳으로부터 멀어지기 위해 끌어다 썼던 에너지가 일순간에 사그라지는 느낌이었다. 내 무게에 그리고 북받치는 감정에 휩싸여서.

18

하나의 우정이 당신을 배신했다고 해서 모든 우정을
포기하는 것은 미친 짓이다. (…) 어떤 일이 올바른 방향으로
풀리지 않았다고 해서 행복할 기회를 모두 저버리는 것도.

-앙투안 드 생텍쥐페리

그날 밤, 나는 낮에 있었던 일을 잊으려 잠자리에 들고 싶은 생각
뿐이었지만 문학 숙제를 하기 위해 책상 앞에 앉았다.

한 독자가 기 드 모파상의 『벨 아미』를 읽고, 사랑에 빠진 여자
를 묘사하는 그의 관점을 비판합니다. 작가는 독자에게 자신의
관점을 옹호하는 답신을 보냅니다. 독자와 작가의 편지글을 작성
해 보십시오. 분량은 각각 스무 줄 내외입니다.

나는 이 숙제를 하면서 내 감정을 마음껏 분출했다. 올해 초부터
문학 선생님은 꾀를 내어 매 수업 시작 직후에 『벨 아미』를 한 챕터

씩 우리 앞에서 직접 낭독했다. 선생님은 그 길만이 반 학생 모두에게 우리가 공부하고 있는 소설을 읽게 하는 확실한 방법이라고 생각했다. 썩 괜찮은 방법이었지만 몇몇 아이들은 선생님이 책을 낭독하는 동안 자기도 했다. 나로 말할 것 같으면, 여성의 사랑을 발판 삼아 사회적으로 성공한 남자 주인공의 뻔뻔함에 매료되었다. 왜냐하면 그건 내 삶과 정반대되는 모습이었기 때문이다. 나와는 다른 성향을 가진 인물을 좋아하는 것은 내가 내 세계에서만 맴돌지 않는 하나의 방식이었다.

그날 밤, 나는 당번이었던 설거지를 끝내자마자, 여자들끼리 접시를 닦으며 수다 떨기를 좋아하는 엄마를 피해서 냅다 내 방으로 올라갔다. 수다를 떨다가 학교에서 있었던 일을 들키지 않기 위해서였다. 이 문제는 나 혼자서 혹은 친구들과 해결할 문제였다. 고등학교 2학년 정도 되면 학교에서 곤란한 일이 있더라도 엄마, 아빠에게 구조 요청을 하지 않고 스스로 처리해야 한다.

이론적으로는 말이다.

나는 책을 읽으면서 마음에 드는 구절들을 스프링 노트와 워드 파일에 옮겨 놓고 힘들 때면 그곳으로 피신해 위안을 얻곤 했다. 그

구절들은 내게 음식물과 같았다. 아니, 어쩌면 약과 같은 존재였다. 나는 한 여성 작가의 책에서 마음에 드는 구절을 형광색 포스트잇에다 옮겨 적었다. 이 작가는 대입 시험 주제와 관련이 없었고, 적어도 한두 세기는 지나야 입시 문제에 오를 것 같았다.

44 사이즈 옷을 입지 못해서 스스로 뚱뚱하다고 생각하는 여성들이여. 당신은 아름답습니다. 추한 것은 당신이 아니라 사회입니다.

—메릴린 먼로

이 구절을 소개해 줘서 나를 놀라게 했던 클로에에게 감사할 따름이었다. 나는 그 전까지 이 여배우를 몰랐다. 그런데 그녀에 대해서 검색을 시작하자 놀라움의 연속이었다. 더욱 깊이 파고들다 보니 그녀의 전기까지 읽게 되었다. 그 책의 첫 느낌은 매우 쓰라렸다. 이 배우의 삶이 너무도 짧았고 사실 그녀가 충분히 다른 삶을 살 자격이 있었다는 생각이 들었다. 그녀 자신이 감당할 수 있는 뭔가 다른 역할의 삶 말이다. 하지만 내가 그녀를 위해서 세상을 바꿀 수는 없었다. 그리고 그러기엔 이미 늦었다.

나는 그녀의 말을 포스트잇에 써서 벽에 붙였다. 톰 오델 포스터 정중앙에. 그리고 클레르가 스카이프에 접속한 것을 보고 그녀에게 전화를 걸었다. 참 이상한 일이었다. 클레르는 나를 배신했는데도 나는 그녀와 함께하는 시간이 그리웠고 우리 사이의 마법 같은 순간이 필요했다. 하지만 그녀는 이런 나와 다른 마음이었고, 나는 그걸 곧바로 느꼈다. 클레르는 한 치의 주저함도 없이 바로 정곡을 찔렀다.

"네가 왜 좀 전에 정신 나간 사람처럼 학교 밖으로 뛰어나갔는지 알아, 사스키아. 이 일 때문에 나도 헥토르랑 싸웠어."

"그래서? 내가 잘못 생각하고 있다는 거야? 너 자신이 케빈이 중학교 때 나를 사스키아 베네라고 부르면서 괴롭혔을 때랑은 태도가 참 다르다고 생각하지 않아?"

"전혀 아니야."

나는 계속했다.

"그때만 해도 너는 그 누구도 그리고 그 어떤 일도 두려워하지 않았고, 나는 그런 너를 동경했어. 넌 네가 하고 싶은 말을 했지. 하지만 지금의 넌 너무나 잘나고-잘생기고-완벽한 남자친구 손을 놓을 줄을 모르지. 네 의견은 없어? 아니면 적어도 정의감은 없냐고? 그건 네 강점이었어. 용기도 있었고. 내게는 없는 것들…… 그때는 말이야. 오늘 너는 나를 괴롭힌 놈들이랑 농담을 하면서 웃고 있었어. 역겨웠다고."

"오해야, 사스키아. 헥토르와 내가 아까 그 애들에게 물어보기까지 했어. 하지만 그 짓은 마티아스나 케빈이 한 게 아니야. 걔들은 자신들을 믿고 있는 헥토르 앞에서 절대 아니라고 맹세까지 했어. 친구들을 의심할 수는 없어, 그건 걔네 원칙이야. 그러니까 잊어. 이런 식으로 나쁜 짓을 할 아이들은 널렸어. 증거도 없이 괜한 사람 의심하지 말라는 얘기야. 중학교 때 케빈을 가만두지 않은 건 그 애가 너를 공격하는 현장을 내가 직접 봤기 때문이야. 현행범이었던 거지. 하지만 이번에는 아무런 증거가 없어."

"그 게시글에 '사스키아 베네'라고 쓰여 있던 건 증거가 아니야?"

나는 분노에 몸을 떨었고, 클레르도 그걸 느꼈다. 비록 컴퓨터 화면을 통해 이야기를 나누고 있었지만. 나는 그녀가 아주 잠깐 주저한다고 느꼈다. 하지만 다음 순간 그녀는 이렇게 결론지었다.

"우리랑 같은 중학교 나온 애들 중에서 지금 우리 고등학교 다니는 애들 많아. 예를 들어 히데토시도 있잖아. 어쩌면 그 애가 그랬을지도 몰라……"

"그건 아니야, 클레르. 아무 얘기나 하지 마. 히데토시는 그런 짓할 애가 아니야."

"증명해 봐."

더 이상 대화가 진전되지 않았기에 나는 입을 다물었다. 클레르와 나 사이에 구덩이가 파여, 우리 우정이 그 안으로 휩쓸려 들어가 산산이 부서지고 있었다. 나는 슬펐다. 클레르와 통화를 마친 뒤 잠을 청해 봤지만 헛일이었다. 오랫동안 이불 속에서 뒤척이다가 조용히 일어났다. 그리고 온라인상에 글을 쓰기 위해 컴퓨터를 켰다.

오늘 밤에는 이 시간에 접속한 사람이 아무도 없는 걸까? 누구든…… 좀 구해 줘! 모두 자나? 나는 말할 사람이 필요했다. 누군가가 진짜로 내 곁에 있었으면 했다…… **누군가는 어딘가에서 나를 기다리겠지.**

하지만 단어들은 내 머릿속에서만 맴돌 뿐, 그것을 활자로 옮기지는 못했다. 온라인상에서 심정을 고백하는 일은 자살 행위였다.

특히 내 경우에는 말이다. 한번 상상해 보시라.

"안녕하세요! 저는 사스키아 테네이고 뚱뚱하답니다."
"안녕하세요, 사스키아 베네!"

익명으로 운영되는 비만인 모임은 어떨까.

하지만 나는 어떤 모임에도 속하고 싶지 않았다. 같은 이유로 나는 한 달 전부터 영양사와의 상담 약속을 취소해 왔다.

나는 혼자였다.

내 SNS에는 내 무언의 구조 신청에 대한 댓글이 하나도 달리지 않았다. 우리는 소리를 내지 않고도 울부짖을 수 있다. 그런 비명이 존재한다. 하지만 그 경우에는 아무도 우리 소리를 들을 수 없기 때문에 아무도 우리를 도울 수 없다. 특히 모두가 잠들어 있는 시간이라면 더더욱 말이다.

나는 책장 뒤의 비밀 저장고에서 꺼낸 파프리카칩을 먹으면서 새벽 3시까지 책을 읽었다. 6시쯤 휴대전화 알람이 울렸을 때는 에리크가 내 머리를 쓰다듬던 생각을 하면서 겨우 막 잠이 든 상태였다.

불행히도 벌써 학교 갈 시간이 되어 버렸다. '가벼운' 아침 식사를 하는 동안 엄마, 아빠는 내 얼굴색이 좋지 않다는 걸 알아챘다.

"별일 없니?"

일상적 질문에 일상적 대답.

"네, 그럼요."

"정말 괜찮아? 있잖니 사스키아, 엄마 동료 학생 상담 선생님이 학교 폭력에 대한 토론회를 진행한다는데 한번 가 보지 않을래?"

"제가 왜요?"

"너도 중학교 때 그런 일 있었잖아……"

"현재만이 중요하죠."

"엄마가 너한테 무슨 얘기 할 때 빈정거리지 않을 수 없겠니?"

"미안해요, 엄마. 하지만 저는 학교 폭력 토론회에 참석할 생각이 없어요."

"알았다. 그 얘긴 그만하자."

그 뒤로 식탁 위에서 식기 부딪히는 소리 외에는 아무 소리도 들리지 않았다. 엄마는 자신의 긴 금발 머리 뒤로 숨었고, 나는 매일 아침 그렇듯 고소한 토스트를 갈망하고 있었다. 내가 휴대전화를 쳐다보자 아빠가 제지했다.

"식탁 위에서는 휴대전화 좀 끌 수 없겠니, 사스키아. 여기 혼자 있는 게 아니잖니. 함께 있는 사람들과 대화를 해야지."

"네. 지금 나누고 있는 열정적인 대화요……"

하지만 아빠의 착잡한 눈빛을 마주한 나는 입을 다물고 휴대전화를 가방에 넣었다.

"죄송해요, 아빠. 아무래도 저는……"

아빠가 내 말을 끊었다.

"대하기 힘든 청소년이지, 그 말이 모든 걸 함축하……"

이번에는 엄마가 끼어들었다.

"영양사 토네르 씨가 네가 요즘 계속 상담하러 오지 않는다고 하더라. 너 왜 요새 선생님 만나러 안 가니? 엄마가 같이 갈까?"

"혼자 가는 게 나아요. 곧 갈 거예요. 어떻게 할지 생각 중이에요."

부모님이 뭔가 또 다른 이야기를 꺼내기 전에 나는 얼른 인사하고 가방을 챙겼다. 도망치는 건 아니었지만 평소와는 달랐으면 싶었다. 피해자 역할은 이제 지긋지긋했다. 내게 있어서 학교 폭력 토론회에 참석한다거나 영양사에게 상담을 받는 일은 고개를 숙이고 패배를 인정하는 것과 같았다. 익명의 모임의 일원이 되는 것. 흠…… 그러기는 싫었다.

19

케빈과 마티아스가 또 다른 음모를 꾸미기까지는 오랜 시간이 걸리지 않았다. 우선 그들은 내 특유의 몸짓을 흉내 내면서 나를 놀렸다. 나와 눈이 마주쳤을 때 주위에 아무도 보는 사람이 없다고 판단되면 내 흉내를 냈다. 그들의 표정은 늘 똑같았다. 얼굴을 잔뜩 찌푸리고 괴상한 표정을 지어 보였다. 때때로 선생님이 오기 전에 교실 문이 열려 있으면 칠판에다 나를 놀리는 그림을 그리거나 글귀를 쓰곤 했다. 예를 들자면 이런 식이다. 약속해요, 내일이면 관둘 겁니다. (담배? 아니요, 과자요!) 이제는 그들의 이런 행동이 놀랍지도 않았다. 케빈과 마티아스는 전형적인 학교 폭력 가해자였다. 클레르는 아무것도 모르는 척 말을 삼갔다. 그녀는 우리 사이에서 삐걱거리던 문을 닫아 버렸다. 이제는 나도 그녀가 나를 지지해 주리라는 기대를 품지 않았다.

그러던 어느 날, 케빈과 마티아스가 드디어 대형 사고를 쳤다.

처음에 나는 무슨 일이 생겼는지 모르고 있었다. 봄방학이 끝난 뒤 등굣길에서 에리크가 나를 멈춰 세웠는데, 나는 즉시 그가 불안해하고 있음을 느꼈다. 그는 줄리의 꿈 빵집 진열창에 등을 기대고 손마디를 꺾으면서 한숨을 쉬었다. 불편해하는 기색이 역력했다. 나는 걱정이 되어 그에게 물었다.

"괜찮아?"

"응. 내 문제가 아니라 네 문제야."

"뭐? 무슨 얘기 하는 거야?"

에리크는 나를 마주 보고 내 팔을 잡았다.

"인터넷 보여 줄게. 얼른 가자."

우리는 학교로 가던 길에서 방향을 바꿔 집 쪽으로 걸어가기 시작했다. 우리 둘 다 왜 학교에 나타나지 않았는지에 대한 변명은 나

중에 생각해 볼 일이었다.

내 인생 처음으로 나는 에리크를 따라 그의 집 안으로 들어갔다. 그의 집에서는 아직도 고소한 빵 냄새와 커피 향이 풍겼다. 내가 좋아하는 향기였다. 부엌 식탁 위에는 살구 잼이 놓여 있었다. 에리크는 내 쪽을 보지 않고 식탁 위를 정리했다.

"맛보고 싶어?"

나는 유혹을 억눌렀다.

"아니, 괜찮아. 보여 준다던 게 뭐야?"

우리의 시선이 마주쳤다. 나는 도대체 무슨 일이 일어났는지 짐작할 수가 없었다. 에리크는 아직 어떤 일인지 내게 말하지 않았고, 나는 오늘 아침 휴대전화를 확인하지 않았다. 아침에 친구들이 내게 전화했었을지도 모른다. 그의 방에는 큰 수족관이 있었는데 검은색 물고기들만 기르고 있었다. 또 나무에 대한 책 수십 권과 문고판 서적이 피사의 사탑처럼 기우뚱하게 쌓여 있었는데, 탑이 하도 높아서 내 키를 넘을 정도였고 조금만 바람이 불어도 쓰러질 듯 위태로워 보였다. 의자 위에는 어김없이 청바지 여러 벌이 뒤죽박죽 쌓여 있었고…… 그리고 나는 컴퓨터 책상 위에서 내 바비 인형을 발견했다. 지난번에 내가 쓰레기통에 버린 인형이었다. 이로쿼이 인디언 머리 모양을 한 내 바비 인형을 나는 바로 알아보았다.

"아…… 저건 내 꼬맹이 조카 주려고 가져온 거야. 우리 집에 놀러 오면 주려고."

내가 놀라는 모습을 보고 에리크가 변명했다.

에리크는 난처한 기색이 역력했는데, 나는 그 모습을 보면서 그가 자기 자신을 위해서 그 인형을 가져왔음을 느낄 수 있었다. 결국 에리크도 그 사실을 내게 털어놓고 말았다.

"그래, 사실 내가 좋아서 가져왔어. 첫눈에 반해서 말이지!"

좋다. 분위기를 바꾸려고 농담을 시도한 것일까? 사실 그가 옳았다. 이런 이야기를 나라의 중대사 다루듯 할 필요는 없으니까. 나는 에리크에게 미소 지으면서 물었다.

"너 페티시즘 있어?"

이번에는 그가 얼굴을 활짝 펴며 웃었다.

"무슨 얘기야! 쓰레기통에 빠진 네 인형이 나한테 구조 요청을 했어. 그래서 내가 얼른 구해 줬지. 그리고 네게 속한 무언가를 하나 가지고 있고 싶었어. 제길, 사스키아. 무슨 말인지 알겠어? 나 좀 도와줘……"

　이 이야기를 하면서 에리크는 창문에 커튼을 쳤다. 그의 행동은 빠른 듯하면서도 느렸다. 나는 뭐 하고 있었느냐고? 나는 아무것도 알고 싶지 않았다. 일전에 에리크가 내 머리를 쓰다듬었을 때도 나는 뭔가를 느꼈지만 그것을 받아들이지 못했다. 그리고 지금 에리크는 또다시 내가 자신에게 다가오도록 유도하고 있었다. 하지만 이건 불가능한 상황이었다. 그 같은 남자애랑 나 같은 여자애 사이에는 말이다. 비유하자면 미녀와 야수 같은 상황이 아니고 뭐란 말인가.

　하지만 그 순간은 너무나 아름다웠다.

　모든 것은 순식간이었고, 너무도 강렬했다.

　불안이 내 몸을 타고 흘렀다. 나는 그가 곧 큰 소리로 웃음을 터뜨리면서 케빈과 마티아스가 그러듯 잔뜩 찌푸린 얼굴로 나를 비웃으리라고 상상했다. 그러나…… 아니었다.

　에리크는 내 쪽으로 다가와서는 조심스럽게 내 어깨에 손을 올렸다. 마치 내가 부서지기라도 할 듯, 혹은 내가 매우 가볍기라도 한 듯. 그리고는 에리크의 손끝이 내 목덜미를 스쳤다. 상상도 못 한 일이 벌어지고 있었고, 그 느낌은 너무도 강렬했다. 방 안은 어둑어둑했기에 이런 상황에서라면 어떤 소녀라도 용기를 낼 수 있을 터였다. 하지만 나는 한껏 경직된 채 의심과 체념 사이에서 옴짝달싹도 못 했다. 에리크는 내 쪽으로 더 바싹 다가와서 혹시 내가 두려워할까 봐 천천히 머리를 숙였다. 그의 입술이 내 입술 바로 앞으로 다가왔고, 나는 그의 호흡을 느낄 수 있었다. 껌 냄새가 나는 듯도 했고, 아니면 잼 냄새가 나는 듯도 했다. 나는 에리크의 손을 잡았다……하지만 그가 내 허리를 잡았을 때 나는 내 접힌 살에 그의 손가락이 닿으리란 생각에 갑자기 그를 밀쳐냈다. 나는 그가 지금 상태의 내 몸을 만지는 걸 원치 않았다. 날씬해지기 전까지는 안 된다. 그 전에는 누구도 내 몸을 만질 수 없다.

"에리크, 그만해."

에리크가 한숨을 쉬면서 팔을 내렸다. 나는 격정의 순간을 망쳐 버렸다. 에리크는 여자애들 앞에서 수줍음을 타는 성격이었다. 내성적인 그는 내게 이 정도로 다가오기까지 수없이 고민했을 터였다. 그런데 내가 일순간에 그 모든 걸 파괴해 버렸다. 하지만 내가 뭘 어떻게 할 수 있었을까? 나는 뚱뚱하고 서툴렀으며 남자애가 나를 좋아할 수 있다는 걸 믿지 못했기에 책가방을 메고는 그 집을 뛰쳐나왔다. 문까지 열어 놓은 채. 보도 위에 올라섰을 때 나는 3층에 있는 그의 방 창문을 올려다보았다. 에리크가 내게 뭐라고 소리를 지르고 있었는데 무슨 말인지 알아들을 수가 없었다. 나는 걸어가면서 에리크에게 문자를 보냈다. 사실 메시지는 아니었고 그냥 그의 이름을 쳤다. 그리고 아폴리네르처럼 오세아니아와 기니의 물신들(아폴리네르의 시 「변두리」 속 구절—옮긴이)이건, 아니면 그 어떤 신이건 존재한다면 내가 왜 그랬는지 그가 알 수 있도록 해 주기를 기도했다. 에리크가 내 심정을 이해하고 앞으로도 나와 함께 걸어갈 수 있기를.

내가 갑자기 도망갔기에 에리크는 내게 온라인상에서 무슨 일이 벌어졌는지 알려 주지 못했다. 아마도 카렌이 알려 줄 수 있을 것이다. 카렌이 수업 중이었기 때문에 나는 그녀에게 메시지를 남겼고 카렌은 바로 내게 답장했다.

"점심시간에 만나, 36번 교실. 문제가 생겼어, 곧 알게 될 거야. 케빈과 마티아스 짓이야. 확실해."

그들이 또 어떤 멍청한 일을 벌였겠거니 생각했다. 지난번보다 더 심하게 말이다. 왜냐하면 그들의 장난이 점점 심해지고 있었기 때문이다. 나는 발걸음을 재촉했다. 고통스러운 감정이 끝없이 반복되는 후렴구처럼 내 몸과 마음에 울려 퍼졌다. 나는 위로가, 위기 상황에서 나를 구출해 줄 문장이 필요했다.

지금 너는 군중 속에서 홀로 파리의 거리를 걷는다
울부짖는 버스들이 네 곁을 지나가고
사랑의 고통이 네 목구멍까지 차오른다
마치 더 이상 누구에게도 사랑받아서는 안 될 것처럼.

스트레스를 완화하는 데는 아폴리네르의 시만 한 게 없다. 이 시를 우연히 떠올린 것은 아니었다. 이 시는 내 이야기와 꼭 닮아 있었다. 마치 내가 더 이상 누구에게도 사랑받아서는 안 될 것처럼. 그리고 나는 마법에 걸린 이 세계에서 나 자신을 구출하기 위해 마치 주문을 외우듯 머릿속으로 반복해서 이 시를 읊었다.

에리크는 내 문자에 답장하지 않았다. 그리고 학교에도 오지 않았다.

상황 종료.

나는 늘 스스로를 치유하기 위해서 시를 읊을 수 있었다. 그동안 나는 다른 이들이 나 대신 써 준 문장들로 끊임없이 내 마음을 어루만져 왔다. 하지만 언젠가는 나 스스로 행동을 취해야 했다. 스스로 "그래"라고 말하거나, 자신을 위한 문장을 쓰는 일 같은 것.

20

정오에 36번 교실에서 카렌을 만나기 전, 나는 오전 수업을 빼먹고 할머니 댁으로 가는 비탈길을 허겁지겁 내려가고 있었다. 이어폰에서는 패티 스미스의 〈내 마드리갈My Madrigal〉(클로에가 지난번에 별장에서 소개해 준 곡이다)이 흘러나왔다. 그녀의 음색에서 흐르는 슬픔이 내게 전이되었고, 곧이어 나의 슬픔이 증폭되어 나를 완전히 집어삼켰다.

죽음이 우리를 갈라놓을 때까지……

나도 죽어 버리고 싶었다.

그냥 이렇게, 더 이상 아무것도 느끼지 않기 위해서.

나 자신에게서 벗어나, 포탄 같은 몸을 끌고 다니지 않도록.

무감각하게.

할머니는 텃밭을 가꾸고 있었다. 그러다 나를 보고는 몸을 일으켜 세웠다.

"사스키아로구나. 오늘 오전에는 수업이 없니?"

"있어요."

"얼굴이 온통 창백하구나. 신선한 딸기 좀 맛볼래? 음식을 맛보는 건 중요한 일이지."

"다른 이들의 시선에 대해서는 어떻게 생각하세요?"

"뭐? 영화 얘기 하는 거냐?"

"아니에요, 할머니. 우리는 다른 세계에 사는 것 같아요. 저한테는요, 뭘 먹는 게 고역이에요. 됐어요, 별일 아니에요."

할머니의 삼베 모자 아래로 긴 밤색 머리가 흘러내렸다. 청반바지 차림의 할머니는 1970년대 스타 프랑수아즈 아르디나 제인 버킨을 연상시켰다. 내가 할머니에게 그 이야기를 했을 때, 할머니는 당황하지 않았다.

"우리는 젊은 시절에서 멈추는 것 같아. 그리고 시간이 흘러도 비슷한 스타일을 고수하지. 지금이랑은 다른 방식으로, 다른 어휘를 쓰면서 말이야…… 하지만 우리에게 남은 것 중에서 가장 중요한 게 그것이란다."

그날 아침 할머니의 모습을 보면서 나는 할머니 말이 맞는다고 생각했다. 나는 할머니 볼에 입을 맞추었다. 할머니 얼굴에서 자외선 차단제 향기가 났다, 여름의 향기…… 그러고는 에리크가 축구 경기를 하던 운동장이 내려다보이는 나무 울타리로 가서 앉았다.

그는 보이지 않았다.

운동장은 비어 있었다. 완전히 빈 것은 아니었다. 검은 고양이 한 마리가 골대 근처에서 꼼짝도 하지 않고 사냥감을 노리고 있었다. 나는 울타리를 뛰어넘어 에리크에게로 달려가서 그를 꼭 안고 싶었다. 그러나…… 그저 휴대전화 메시지만 확인했다. 그에게서는 아무런 연락도 없었다.

어째서?

나는 클레르만큼이나 에리크가 보고 싶었다. 하지만 그것은 길 잃은 소년을 궁지에 빠뜨리는 것 외에는 아무짝에도 쓸모가 없는 약한 감정일 뿐이었다…… 이 일에 관해서만큼은 내 입장을 명확히 해야 했다. 내 허리에 늘어진 살이 있는 한, 혹은 내가 그 살들을 받아들이지 않는 한 누구도 나를 포용할 수 없었다. 단지 이미지나 몸에 관한 이야기가 아니었다. 나는 사람들이 건드리는 부위에 통증을 느꼈다. 내 몸 전체가 통증에 취약했다. 누구도 손을 댈 수 없는 몸이었다.

설탕에 절인 조그만 딸기 세 쪽을 집어 먹은 뒤 나는 다시 학교로 향했다. 할머니는 내가 아침나절에 학교에 가지 않고 숨어 있었다는 사실을 부모님에게 비밀로 해 주기로 나와 약속했다. 하지만 곧 학교에서 부모님에게 연락이 갈 터였다.

학교로 돌아온 뒤 나는 학생처에 들러 지각 사유서 양식을 받았다. 그러고는 아무도 마주치지 않기 위해 복도에서 가장 짧은 경로를 택해 교실로 들어왔다. 그래도 오전 마지막 수업인 수학은 들을 수 있었다. 클레르와 카렌은 끈질기게 나를 쳐다봤다. 어차피 좀 있으면 얘기 나눌 텐데. 수학 담당인 왕 선생님은 도교 신자였다. 우리가 수업 진도를 잘 따라가면 우리에게 도교 격언을 알려 주었다. 수업 분위기 환기 또는 일종의 보상이었다(비록 아무도 별 관심을 보이지 않았지만). 오늘 그가 해 준 이야기에 따르면, 모든 것은 단지 순간일 뿐이며 흐르는 시간 속에서 그 어떤 것도 지속될 수 없다. 이 말은 내게 도움이 되었다. 왜냐하면 내가 아직 변할 수 있다는 뜻으로 해석 가능했기 때문이다. 하지만 아마도 우리 반에서 그의 삶의 철학에 관심을 보인 사람은 나 혼자뿐이었을 것이다.

내가 36번 교실에 있는 컴퓨터 앞에 앉았을 때, 학교신문 편집장은 학생 식당으로 내달리던 중이었다.

"굶어 죽기 일보 직전이야. 식당을 싹쓸이해 버릴 테다!"

그가 내게 비즈를 건네는 사이 그의 이름이 떠올랐다.

"르노! 선배 이름, 르노죠!"

"당연하지, 태어날 때부터 그랬는걸. 여기 너한테 맡기고 간다. 만일 1학년 애들이 오면 잘 좀 알려 주고. 올해 애들은 영 불안해."

"알겠어요. 그런데 1시 30분에 가야 돼."

"그 전엔 돌아올 거야."

이리로 오기 전에 화장실에 들른 친구들을 기다리면서 나는 혹시 나 하는 마음에 내 이름을 구글에서 검색해 봤다.

그리고 바로 거기서 엄청난 것을 발견하고 말았다.

21

누군가가 정식으로 웹 사이트를 만들었다.

참을 수 없는 타인의 가벼움
사스키아 베녜의 공식 홈페이지
홈/ 뉴스/ 사진첩/ 갤러리/ 연락처/ 방명록/ 프로필

그곳에는 클레르의 모자를 쓰고 찍었던 내 셀피까지 올라와 있었다.

에리크가 오늘 아침 내게 보여 주려 했던 게 바로 이거였다.

여러 세부 항목들이 나에 대한 왜곡된 정보를 담고 있었다.

　　나의 요리법

　　나의 XXL 쇼핑

　　나의 꿈 (불가능함)

　　나의 목표 (날씬해지기, 하지만 다른 생에서나 가능함)

　　내 비밀 (속이지 않은 내 진짜 몸무게)

　　내 사진 (어이쿠!)

　　내가 좋아하는 인용구

　　내 연애 (빈 칸)

　항목을 클릭하자 커다란 분홍색 하트들이 가득한 페이지에 다음과 같은 문장들이 떴다.

　　나는 먹는다, 고로 존재한다.

　　나, 사스키아 B, 열여덟 살이고 뚱뚱하다.

이 사이트에서 내 프로필은 완전히 터무니없다기보다는 희화화된 캐리커처에 가까웠다. 제목부터가 그랬다. 나는 다른 이들의 가벼움에 실제로 상처를 받았다. 그들이 이렇게까지 허무맹랑하고, 막 나가고, 현실에서 동떨어진 행동을 할 수 있다는 사실에. 마치 먼지처럼…… 허공에 붕 떠서는. 마치 늑대들이 기쁨으로 짖어 대는 것처럼. 극락세계는 나같이 뚱뚱한 천민에게는 허락되지 않은 곳이었다.

나는 차마 더 이상 볼 수가 없어서 컴퓨터를 꺼 버렸다. 구역질이 났다. 내가 토해 내고 싶었던 건 다름 아닌 바로 나 자신이었다. 내 안에 내가 넘쳐 나고 있었다.

카렌, 클레르, 로리안이 막 교실로 들어왔을 때 나는 가방에서 티슈를 꺼내 화장실로 내달렸다. 클레르가 소리쳤다.

"사스키아, 돌아와!"

친구들은 화장실로 달려와 내가 몸을 숨긴 칸 문을 마구 두드리기 시작했다. 화장실 문에는 '파블로+니키타=사랑', 그리고 그 밑에 '네 엄마!'라는 낙서가 있었다. 나는 몸을 돌려 남아 있는 나의 삶을 변기에 토했다. 꼭 과거의 나로 돌아가려 했던 건 아니었지만,

내가 예전과 같은 모습이었다면 아무도 온라인상에 세기말적 프로필을 올릴 생각은 하지 않았을 터였다. 그것도 내가 사랑하는 모든 이들이 볼 수 있는 곳에. 클레르, 에리크, 카렌, 로리안…… 게다가 내 온라인 활동을 감시하느라 수시로 내 이름을 구글에서 검색하는 부모님까지.

케빈과 마티아스가 벌인 짓이 분명했다. 이 사이트를 만드느라 꽤 많은 시간을 투자하면서 신나게 웃어 댔겠지. 나는 이제 더 이상 앞으로 나아갈 수 없는 한계점, 벼랑 끝에 도달했다. 두루마리 휴지는 다 떨어졌고 변기는 막혀 버렸다. 그곳에서 너무 오랫동안 울었다. 이 장소를 떠나야 할 때가 왔다. 문학 선생님에 따르면 과거에는 '장소^{lieu}'라는 말이 화장실을 가리켰다고 한다.

이윽고 화장실 문을 열자, 침울한 얼굴을 한 친구들이 문 앞에 딱 붙어 있었다. 클레르와 카렌이 내 손을 잡았다.

"이리 와. 이제 그만 가자."

로리안이 덧붙였다.

"그 사이트 만든 컴퓨터 IP 주소 추적해서 누가 그랬는지 알아내자. 대가를 치르게 해야지."

나는 가슴이 뻥 뚫린 기분이었다.

"고마워…… 하지만 그럴 필요 없어. 괜히 나 때문에 애쓰지 마. 난 갈래. 게다가 너희 모두 그게 누구 짓인지 알고 있잖아. 케빈, 마티아스, 그리고 어쩌면 헥토르도."

클레르가 내 손을 놓았다.

"뭐라고, 헥토르? 너 어디까지 가는 거야? 케빈과 마티아스는 그런 짓을 할 애들이 아니야. 내가 잘 알아."

나는 마침내 그동안 참고 또 참아 왔던 말을 내뱉었고, 그건 내게도 고통스러운 일이었다.

"클레르, 네가 학교 폭력 가해자들을 옹호하다니 정말 역겹다. 걔들은 헥토르와 떼려야 뗄 수 없는 관계야. 헥토르가 그 일을 몰랐을 리 없어. 그리고 어쩌면 헥토르, 바로 그렇게도 완벽한 너의 천사가 그 애들을 부추겼을 수도 있어."

"뭐? 내가 역겹다고?"

"그래. 너랑 네 패거리들."

"너…… 증거도 없이 추측만으로 사람에게 죄를 뒤집어씌우는 건 어리석은 짓이야. 할 일 없이 남의 험담이나 추문 퍼뜨리는 사람들이랑 뭐가 달라. 이런 짓을 벌인 인간들이랑 다를 게 뭐냐고."

"너 정말 비겁하다. 넌 네 위대한 사랑을 잃을까 봐 겁이 나서 바로 눈앞에 있는 진실도 보지 않으려고 하잖아."

내가 클레르에게 이 말을 퍼붓고 있을 때, 36번 교실의 졸업반 르노가 놀란 눈으로 들어왔다.

"무슨 일들이야, 대체?"

22

로리안이 평소처럼 침착하게 앉아서 한숨을 한 번 내쉬고는 르노에게 상황을 요약해 주었다.

"그래, 무슨 얘기인지 알겠어. 사스키아, 내가 너한테 이런 짓을 한 놈 IP 주소를 추적해 볼게. 보안 몇 개만 뚫으면 그 자식 이름을 네게 가져다줄 수 있어. 그래서 네 마음이 풀린다면 말이야. 물론 옳지 않은 일이고, 해킹을 조금 해야겠지만……"

카렌이 대신 말을 끝맺었다.

"하지만 솜씨 좋은, 착한 해커잖아요."

"난 원래 해커 아냐. 단지 때때로 위장을 할 줄 아는 것뿐이지. 좋은 일에 필요할 때만이야, 알았지? 밖에 나가서 소문내면 안 돼. 문제가 생기면 곤란해."

화가 조금 가라앉은 나는 르노에게 물었다.

"왜 나를 위해서 이런 일까지 하려는 거예요?"

"너를 그냥 지켜보기가 힘드니까."

"불쌍하다는 거죠, 이제 동정받는 것도 지긋지긋해!"

카렌과 로리안이 내 팔을 잡았다.

"너를 도우려는 친구들에게 화를 퍼붓는 거 그만둬. 자, 우리는 이만 가자. 그리고 고마워요, 르노."

클레르는 아직도 이글거리는 눈으로 나를 노려보고 있었다.

중학교 시절 몸무게 때문에 놀림 받는 나를 지켜 줬던 그녀는 나의 둘도 없는 친구였다. 하지만 그 친구가 지금은 나를 쏴 죽일 듯 쳐다보고 있었다. 나는 카렌과 로리안의 손을 놓았다. 도망쳐 버리고 싶은 충동이 몸속에 차올랐다. 그렇게도 동정받기를 싫어하는 나였지만 지금 이 순간은 우리 처지가 불쌍했다. 우리가 잃게 될 것이 안타까웠다.

나는 르노를 향해 돌아서 도와줘서 고맙다고 말했다.

"선배는 진정한 친구처럼 행동하네요. 맞아, 증거 없이 누군가에게 책임을 물을 수는 없죠. 선배가 찾을 IP 주소의 주인이 누군지 이미 알고 있어도 말이지. 잘 부탁해요. 참을 수 없는 타인의 가벼움! 그건 밀란 쿤데라 소설 제목의 짝퉁이야, 괴짜 작가. 이런 걸 보면 적어도 이 거짓 블로그를 만든 사람이 최소한의 지성이나 교양을 갖췄다는 사실을 알 수 있지. 하지만 지성이나 교양이 있다고 해서 꼭…… 인간적이지는 않아."

르노는 컴퓨터 앞에 앉았다.

"별말씀을 다. 너희도 화해하기다. 알았지?"

"알겠어요. 난 이만 가 볼게요."

카렌이 물었다.

"너 수업 안 들어와?"

"난 진이 빠졌어. 나 가출할 거야. 안녕!"

나는 머리끝부터 발끝까지 온몸이 떨렸다. 하지만 몸 상태는 신경도 쓰지 않은 채 기나긴 복도를 내달렸다. 복도에는 벌써 학생들이 들어차기 시작했다. 안뜰을 가로질러 정문 쪽으로 다가가면서 나는 누군가가 나를 쳐다보는 시선을 느꼈다. 중앙 로비 앞 벤치, 무슨 일이 있었는지 모르는 친구들 사이에서, 드디어 학교에 나온 에리크가 나를 뚫어지게 쳐다보고 있었다. 미소도 없고, 알은척도 않는 그냥 하나의 시선이었다. 나도 에리크와 똑같이 했다. 마치 눈동자가 콘크리트로 만들어진 양. 지긋지긋한 비참함이 미소를 앗아가 버렸다. 나는 이제 에리크와의 우정 **구역**을 걱정할 필요가 없어졌다. 우리 사이는 시작도 하기 전에 끝나 버렸다. 정문의 수위 아저씨가 나를 발견하기도 전에 나는 정문을 빠져나갔다. 수도 없이 걸었기에 미세한 특징까지 속속들이 아는 보도 위에 서자 에리크와 함께 이 길을 걸었던 순간들이 떠올랐다. 나는 후회에 빠지지 않기 위해 빠르게 걷기 시작했다. 당장 눈앞에 닥친 문제부터 해결해야 했다. 그러기 위해서는 후회도 신세 한탄도 그만둬야 했다. 내게 닥친 일은 내가 자초한 일이었다. 무거운 사람치고 나는 무척이나 가볍게 행동하고 있었다. 몰래 숨어서 몸에 안 좋은 것들을 먹어 왔고, 영양사도 만나지 않았으며, 이제는 운동도 빠졌다.

내게 닥친 일에 원인을 제공한 게 나 아니면 또 누구겠는가?

23

5일 동안 나는 포도밭 한가운데에 있는 클로에의 오두막에 숨어 있었다. 혹시라도 클로에가 부모님이나 경찰에 알려야 한다고 할까 봐 그녀에게도 내가 이곳에 있다고 말하지 않았다. 어른들은 늘 우리와는 다른 방식으로 생각하니까. 심지어 우리를 사랑할 때조차도. 나는 아무에게도 이곳에 있다는 사실을 알리지 않았다. 복잡한 생각들을 정리하기 위해 나만의 숲속에 혼자 있고 싶었다. 마치 며칠 밤을 샌 것처럼 머릿속이 혼란스러우면서도 텅 비어 있었다. 몸이 쑤셨고, 정신은 한겨울의 북극 지방처럼 꽁꽁 얼어붙었다.

에리크의 차가운 시선을 받으며 학교에서 도망친 뒤, 나는 지체 없이 자전거를 타고 포도밭으로 내달렸다. 그리고 돌덩이 아래서 오두막 열쇠를 꺼냈다. 내 도피는 마치 위기 상황에서 전세를 뒤집기 위해 안전핀을 분리한 수류탄과도 같았다. 연결 고리를 끊고 내 한계와 마주하는 것.

살면서 우리는 정말 혼자라고 느낄 때가 있다. 하지만 그건 세상에 우리를 사랑하는 사람이 없어서가 아니다. 우리가 혼자라고 느낄 때는 다른 사람들과의 고리를 끊을 때이다. 더 이상 그들을 보지 않고 아무것도 공유하지 않는다. 지금 내 경우가 바로 그랬다.

밤새 사나운 북동풍이 몰아쳤음에도 첫날 밤부터 오두막에는 적막이 가득했다. 때는 봄이었지만 나는 추위에 닭살이 돋을 지경이었다. 어쩌면 추위는 내 몸 안쪽에서 연유했는지도 모른다. 나는 병든 고양이처럼 몸을 둥글게 웅크린 채 클로에의 이불 안에 들어가 있었다. 나는 이곳에 인용구를 기록한 노트를 가져오지 않았다. 고통을 누그러뜨리기 위해 어떤 책도 처방하지 않았다. 내 상처에 잘 맞지 않는 반창고처럼 들러붙어 있는 인용구들이 못 미더워지기 시작했기 때문이다. 약이 되는 말들. 처음에는 문학작품이 내 외모, 몸무게, 성격에서 비롯된 문제들에 효과적으로 위안을 주었다. 하지만 이제 나는 이 버팀대를 버리기 위한 문턱에 와 있었다. 단어,

위로를 주는 구절, 힘들 때 나를 도와주는 친구, 자상하지만 죄의식을 부추기는 부모님…… 나는 어느새 신세 한탄을 멈추는 단계에 도달했다.

피해자 행세는 이제 그만. 불쌍한 사스키아와 나쁜 소년들은 이제 충분했다.

내 안에서 무언가가 터져 나왔다. 나를 사랑하는 사람들도 주지 못했던 어떤 것이.

오두막에서 일어난 첫 번째 커다란 변화는 내 충동적인 허기가 첫날 아침부터 사라진 것이었다. 나는 머리에 밀가루를 뒤집어쓴 채 클로에의 부엌을 뒤졌다. 한 선반에서 코코아 가루와 연유를 찾아냈다. 반사적으로, 나는 오두막으로 오는 길에 슈퍼에서 산 커다란 크루아상 꾸러미를 가방에서 꺼냈다. 하지만…… 그것들을 한 번에 다 먹어 치우는 대신 코로 쿵쿵 냄새를 맡아 보자 거부감이 밀려왔다. 그러곤 그것들을 가지고 밖으로 나가서 포도밭에다 버렸다. 저녁이 되자 바람이 멎었다. 나는 단지 옥수수 통조림과 찬장에서 발견한 비스킷 세 조각만 먹고 편안하게 잠들었다.

학교를 떠난 뒤, 나는 사람들이 나를 찾지 못하도록 휴대전화 전원을 꺼 두었다.

5일째 되는 날, 한 명의 방문객이 나를 찾아왔다.

오후 5시쯤 나는 녹차 티백을 우려서 마시던 중이었다. 손에 연필을 쥐고, 집 앞 전깃줄에 앉아서 지저귀는 제비 소리를 들으면서. 제비들의 부산함이 내게 활력을 주었다. 처음으로 방문객을 보았을 때 나는 소스라치게 놀랐다. 마치 야생의 삶으로 돌아간 것처럼, 내 영역 안으로 침입한 사람 앞에서 어떻게 행동하면 좋을지 몰랐다. 하지만 곧이어 정신을 되찾았다. 내가 허둥지둥하는 바람에 새들이 불평하면서 모두 날아가 버렸다(불평했다는 것은 나의 상상이었지만).

그리고 적막이 우리를 감쌌다. 대지에서는 건조한 열기가 솟아오르고 있었다.

24

클레르가 걸어서, 어디선가 불쑥 나타났다. 다홍색 원피스를 입은 그녀의 눈가는 빨갰고 얼굴에는 침울한 분위기가 감돌았다. 클레르가 아무 말 없이 눈꺼풀을 비비고만 있어서 내가 먼저 침묵을 깼다.

"안녕. 너 울었어?"

"꽃가루 알레르기가 있어. 넌 없어?"

클레르는 자기 앞에 있는 의자 위에 두 손을 짚었다. 눈물 때문에 약간 초췌하긴 했어도 그녀는 평소대로 아름다웠다. 하지만 나는 그 사실이 부럽지도 않고 별 감흥도 없었다. 클레르는 이제 자신의 감정을 표현하기가 어려워지기라도 한 건지, 주절주절하며 이야기를 꺼냈다.

"나한테 비겁하다고 말하고는 네가 학교를 떠난 뒤에도 난 잘 살았어. 그동안 웃기도 했고, 키스도 했고, 울기도 했고, 수학 공부도 했어. 그리고 여기 와 있어, 사스키아. 네가 결석한 수업의 노트를 가지고 왔어. 에리크가 조언해 준 대로. 넌 어때? 잘 지냈어?"

"아주 잘 지냈지. 에리크가 널 보러 왔었어?"

클레르는 다시 눈을 비볐다.

"너 어떻게 된 거냐고 물으러 왔었어."

"그랬군."

"너 변했어……"

"5일 만에?"

"그래, 사스키아. 너랑 얘기하고 싶었어…… 특히 헥토르가 너랑 얘기하고 싶어 해."

"나도 너한테 하고 싶은 이야기가 있어. 우리 둘 다 어리석게도 선을 넘었어. 이제 다시는 예전으로 돌아가지 못할 거야."

"그래, 나도 알아. 완벽한 우정이란 존재하지 않아. 물론 내 생각이지만, 우리 사이에 일어난 일을 보면."

"하지만 우리는 정말 완벽한 시절을 함께했어…… 헥토르가 나타나기 전까지만 해도."

클레르는 또다시 한숨을 쉬었다.

"아직 남아 있는 가구라도 좀 건져 볼 수 있겠지."

"그렇게 하자."

클레르는 숨을 들이쉬고 내 곁에 앉았다. 햇살이 그녀의 머리카락에 닿아 반짝거렸다. 머리를 뒤로 묶고 있었다. 클레르는 어린애처럼 무의식적으로 손가락을 꼼지락거렸다.

"네 말이 맞았어. 르노가 찾아냈어. 케빈과 마티아스가 그 사이트를 만든 장본인들이야. 네 말을 믿어 주지 못해서 미안해. 자, 이거."

클레르는 내 찻잔 옆에 수업 노트를 올려놓았다. 활시위가 팽팽히 당겨진 듯한 긴장감이 우리 둘 사이에 흐르고 있었다. 하지만 그녀가 나보다 더 불행해 보였다. 언제나처럼 매력적인 그녀의 외모에는 별 감흥이 없었지만 그녀의 슬픔은 내 가슴을 후볐다. 클레르가 가여워 보여서 내가 물었다.

"나 어떻게 찾았어?"

"어렵지 않았어. 지난번에 클로에가 우리한테 아무 때나 여기 와도 된다고 했잖아. 열쇠 위치도 알려 주었고…… 이곳은 이상적인 장소야. 내가 너였어도 여기로 왔을 거야."

"여긴 어떻게 왔어? 걸어온 거야?"

"헥토르랑 왔어. 지금 잠시 통화하고 있어."

"나 여기 숨어 있는 거 아무한테도 얘기 안 했지? 클로에도 알아? 우리 부모님이 너한테 질문을 퍼붓지는 않으셨어?"

"난 비밀을 지킬 줄 알아. 클로에도 그렇고. 당연히 클로에도 예상했지!"

오토바이 소리가 났다. 헥토르는 우리를 보고 오두막 벽에 오토바이를 기대 세웠다. 그러곤 헬멧을 벗고 손으로 대충 머리를 매만졌다.

"이런 곳이 있다니 멋진데……"

나는 그가 이곳에서 환영받지 못한다는 사실을 알려 주기 위해 으르렁거리는 표정으로 그를 쳐다봤다. 누구든 이곳에 올 수 있다 하더라도 그는 절대 아니었다. 클레르가 다시 말했다.

"그럼 나는 먼저 가 볼게. 천천히 시내 쪽으로 걸어가고 있을게. 헥토르, 이야기 끝나면 돌아가는 길에 나를 픽업해 줘. 그럼 둘이 얘기 잘해."

나는 너무-완벽해서-모든 것을-다 아는 헥토르와 이야기를 나누고 싶은 생각이 조금도 없었다. 내 찻잔이 비었지만 나는 그에게 차를 마시겠냐고 묻지 않았다. 어차피 그는 맥주밖에 안 마시니까. 나는 식탁 위에 두 손으로 턱을 괴었다.

"그래서 헥토르, 무엇 때문에 이렇게 멀리까지 온 거야?"

"잠시 들렀지, 오래 있지는 않을 거야."

"우리 반에 있는 네 착한 친구 두 명이 나한테 사과 인사라도 전해 주라던?"

"너 엄청 냉소적이다? 하지만 아냐. 걔들은 사과 안 해. 걔들은 자기들이 장난칠 때 네가 하지 말라고 말한 적이 한 번도 없다던데?"

"참 쉽다. 그럼 그렇지. 돌아가는 길은 알 테니 배웅 나가지 않을게. 나는 몸이 무거워서 말이지……"

"돌아가는 건 걱정 마. 하지만 그 전에 할 얘기가 있어."

"듣고 싶지도 않으니 가 버려."

헥토르는 끈질기게 말했다.

"난 몰랐어……"

나는 놀라서 대꾸했다.

"몰랐다고? 네 친구들이 너는 신경도 안 쓰는구나?"

"그런 문제와 달라. 대체로 케빈과 마티아스는 걔네들이 원하는 대로 행동해. 내가 그 애들 행동을 검열하진 않아. 아버지처럼 경찰도 아니고. 사과는 기대하지 마. 걔들은 사과 안 해. 꿈도 꾸지 않는 게 좋을 거야. 그런 거 할 애들이 아니야. 걔들에게도 네가 모르는 장점들이 있지만 이 일에서는 아니야. 여하튼. 그 애들은 자기들이 저지른 일을 내게 설명하면서 미친 듯이 웃어 댔어. 하지만 나는 이 일로 그 애들과 절교할 생각은 없어. 내 친구들이니까. 내가 어떤 혁명을 일으키리라고 기대하지는 마."

"놀랍지도 않다. 이 모든 게 정말 야만적이야. 넌 그 애들과 〈왕좌의 게임〉이나 계속하도록 해. 칭찬은 아니지만 나는 너희 게임에 오점일 테니까."

"1화 '겨울이 오고 있다' 알아? 내가 제일 좋아하는 문장이야."

"알지…… 근데 넌 도대체 왜 온 건데?"

"클레르 때문에."

"계속해 봐."

"너희 관계가 깨지면서 우리 사이도 엉망진창이 됐어. 클레르는 '아, 불쌍한 사스키아'라면서 끝도 없이 자책을 하고 네가 겪을 고통을 걱정하고 있어. 더 이상 두고 볼 수가 없었어."

"나 역시 그런 얘기 그만 듣고 싶어."

"그래? 지금 너만 괴로운 거 아니야, 사스키아."

헥토르는 숨을 고르더니 나의 저항력을 가늠하면서 다시 한 번 나를 가격했다.

"네게는 선택지가 있어. 넌 그냥 움직이기만 하면 돼. 하지만 아니, 넌 네 그 조그만 존재론적 불편을 마치 트로피처럼 들고 다니면서 누구든 너를 놀리거나 네 의지박약을 비웃으면 견디지 못해. 그런 짓 하는 놈들은 제 얼굴에 침 뱉는 것뿐인데. 클레르는 내가 널 이해하길 바랐어…… 너처럼 되는 게 꼭 네 잘못만이 아니라 유전이 원인일 수도 있고, 호르몬이나 스트레스 뭐 이런 것 때문일 수 있다고. 웃기는 소리지. 그런 사람이 있을 수는 있어. 하지만 너는? 내가 보기에 넌 아니야. 넌 그저 피해자 흉내를 내고 있는 것뿐이라고. 네 부모님을 봐."

"네가 우리 부모님을 알아? 우리가 죽마고우라도 된다는 거야 뭐야?"

"아, 구닥다리 관용구 같은 건 관두자고! 최근에 너희 부모님이 학교에 너 찾으러 오셨을 때 봤어. 네 할머니까지 오셨어. 근데 그분들 다 날씬하시더라. 넌 유전도 아니야. 네가 뚱뚱한 건 그저 네가

150

많이 먹어서일 뿐이라고. 그게 다야."

"저기 말이지, 헥토르 씨. 그래, 난 뚱뚱하고, 너는 내가 경멸하는 더러운 인간이야. 난 더 할 말 없어."

25

헥토르가 순간 욱하고 나를 칠 기세였다가 마지막 순간에 자제했기 때문에, 나는 내가 그를 화나게 했음을 알았다. 나는 순간 겁이 났고, 그도 그것을 알아챘을 것이다. 헥토르는 나를 모욕하면서 반격하는 대신 비웃으면서, 클레르가 가져다준 노트들을 옆으로 치우고 내 옆에 앉았다. 그의 점퍼에서는 옅은 담배 냄새와 그가 씹고 있던 껌 냄새가 났다. 내가 좋아하는 냄새였다. 그 냄새를 맡자 마음이 조금이나마 진정되었다.

헥토르가 물었다.

"더러운 인간에게 마실 것 좀 줄래?"

"아예 눌러앉으려는 거야? 차밖에 없어."

"그거면 돼."

왜 그랬는지는 모르겠지만 나는 헥토르를 보고 미소 지었고, 그 역시 내게 미소를 지었다. 그러고 나자 분위기는 한층 부드러워졌다. 우리는 신사적으로 서로를 싫어했다. 내가 부엌에서 물을 끓이는 동안 그는 내가 들을 수 있도록 목소리를 높여서 말했다.

"그거 알아? 난 클레르 때문에 여기 온 거지 널 위해서 온 게 아니야. 넌 너무 많이 먹어. 그래서 네가 뚱뚱해진 거고 다른 사람들이 너를 비웃는 거야. 가차 없는 논리지. 클레르는 마음 아파해, 아마 넌 잘 모르겠지만. 클레르가 네게는 아무 말도 안 했을 테니까…… 하지만 나한테 얘기해. 애들이 너를 겨냥해서 벌이는 지독한 장난질을 그녀는 더 이상 감당하지 못해. 자신이 너를 돕지 못했다고 생각해…… 하지만 내 생각은 달라. 나는 그게 클레르의 일이라고 생각하지 않아! 넌 다 컸어. 이제는 그만둘 때가 됐어. 너 자신을 스스로 챙겨야 한다고. 길거리에, 교실에 천사들만 돌아다니는 게 아니야. 넌 언제든지 네 외모를 보고 널 비웃는 사람들을 맞닥뜨릴 수 있다고. 그걸 바꾸려면 네가 즐기는 것들을 끊고 너 자신을 가다듬어

야 해. 나는 심리학자도 아니고 네 인생을 가지고 왈가왈부할 이유
도 없지만…… 아무튼 이게 내 조언이야."

"그래? 그래서 그런 여자애는 사람들이 마음대로 괴롭혀도 된다
고 생각한다면 이제 그만 가도……"

"비만에서 벗어나기 위한 용기와 의지가 부족한 여자애 말하는
거야?"

"그만둬, 헥토르! 너 정말 심하다. 어디서 싸구려 조언들을 줄줄
이 늘어놓는 거야?"

나는 손으로 얼굴을 가린 채 눈을 감았지만 울지는 않았다. 더욱
이 나를 괴롭힌 이들의 대변인 앞에서 그럴 수는 없었다. 나는 눈물
을 꾹 삼켰고 북받치는 감정도 삼켰다. 특히 분노를. 놀랍게도, 완
벽 씨는 내 어깨에 손을 올리고 얘기를 계속했다.

"넌 할 수 있어, 사스키아. 어젯밤 이 문제로 클레르랑 싸웠어. 그
래서 너와 얘기해 보겠다고 약속한 거야. 이제 내 할 일은 끝났어.
이 문제에 대해 더는 얘기 안 할게. 내 친구들도 마찬가지야. 우리가
네 결점을 집중 사격했지만…… 걔들도 이제 더는 안 그러겠다고
약속했어. 이번에는 약속 지킬 거야. 걔들이 제일 두려워하는 게 뭔

지 알아? 나랑 적이 되는 거야."

헥토르의 마지막 말에 나는 웃음을 터뜨리지 않을 수 없었다.

"허풍쟁이!"

이번에도 그는 예상 외로 미소를 지었다.

"물론 나도 부족한 면이 있어…… 웩, 근데 이 오래된 차 정말 맛없다…… 너 살 빼면 예쁠 거야. 클레르만큼이나."

"고마워……"

"자, 사스키아. 해 보는 거야. 나는 클레르랑 다시 러브 모드로 돌아갈 거고, 너도 네가 원하는 남자, 특히 네 가슴을 뛰게 하는 남자와 사귈 수 있을 거야. 너한테 다가오는 남자 아무나랑 말고 네가 진짜 좋아하는 사람이랑 말이야."

"진정한 로맨티스트구나, 너."

"뭐, 그런 셈이지. 어때, 도전해 볼 거야?"

"무슨 도전?"

"3개월 뒤 여름방학이 끝나면 새 학년의 시작을 축하하기 위해 우리 집에서 엄청난 파티를 열 거야. 소심한 아이들을 깜짝 놀라게 할 만한 음악을 준비하고 반 아이들 전부랑 졸업반 선배들까지 다 부를 예정이야. 너도 초대할게. 하지만 한 가지 조건이 있어. 만일 네가 지금처럼 뚱뚱하다면 올 필요도 없어. 어차피 바로 낙오자들 구역으로 추방될 테니까. 물론 너는 구석에서 세상이 왜 이렇게 잔인한지, 매정한 남자애들이 얼마나 어리석은지 탓하며 울 수도 있겠지. 하지만 네가 살을 뺀다면, 더도 말고 5킬로라도, 우리는 너를 진심으로 환영할 거야. 약속해."

"당신의 관대함에 감사드리는 바입니다. 멋진데."

"관대한 게 아니라 네 친구에게 반했을 뿐이야. 그녀를 위한 일이라는 거지. 지금으로선 너는 내게 중요하지 않아…… 너는 **먹을 것**에 집착하잖아. 다른 이들이 담배나 술에 의존하는 것처럼. 그걸 관두는 일은 위장으로 하는 게 아니라 머리로 하는 거야. 의지 문제지. 알았지?"

"주절주절…… 이 정도로 훈계질을 하는 사람인 줄 미처 몰랐는걸. 토할 지경이야."

"맞아. 또 한 가지. 이번 도전 때문에 식욕부진이 되면 안 돼. 너무 토해서 병나면 안 된다고. 하나의 문제에서 또 다른 문제로 옮겨 가기 없기야. 알았지?"

"걱정 마."

그는 잠시 침묵을 지켰고, 우리는 바로 옆 뽕나무에서 빛을 쬐고 있는 새들 소리를 들었다.

"어때 사스키아? 해 볼 거야?"

나는 뱃속에서 다시금 화가 치밀었지만 내 대답은 **예스**였다. 그리고 그도 그것을 알아챘다. 헥토르는 오토바이에 올라타고 급히 시동을 걸었다. 그 역시도 한짐을 내려놓은 듯 보였다. 여자친구 문제를 해결해서였을지도 모른다. 헥토르가 길로 나서기 전에 내가 그를 불렀다.

"어이!"

"왜?"

"너 이따 에리크 만날 거야?"

"그럴걸. 전할 말이라도 있어?"

"응, 저기……"

"알았어. 전해 줄게. '응, 저기……'라고 했다고. 알아들을 거야."

"그리고 클레르한테는……"

"응?"

"이 말 좀 전해 줘······"

나는 헥토르를 불러서 길에 깔린 모래 위에다 내가 쓰고 있던 걸 보여 주었다.

나는 여전히 너를 ♡해.

"알았어. 길에 새긴 너의 다정한 마음을 클레르에게 전해 줄게. 여자애들이란! 그리고 넌······ 네가 하고 싶은 대로 해. 선택은 네가 하는 거야."

다음 날 나는 문명 세계로 돌아가기 위해 오두막을 떠났다. 이제 돌아갈 때였다. 부모님은 걱정으로 밤을 지새우실 테고, 할머니는 그날 내가 수업을 빼먹었을 때 부모님에게 아무 말 안 했던 것을 후회하고 계실지도 모른다······ 또 경찰, 헥토르 아버지가 지휘하는 경찰과 학교, 학교 감사단, 친구, 선생님······ 모든 것이 다시 머릿속으로 돌아왔다. 어쩌면 케빈과 마티아스는 교장 선생님 방에서 꾸지람을 듣고 사라져 버렸을지도 모른다.

26

나는 헥토르와 나눈 이야기를 진지하게 고민한 뒤 그의 제안을 받아들이기로 결심했다. 우선 저녁에 혼자 포도밭을 걸었다. 손전등도 없이 밤공기 속에서 땅에서 피어오르는 축축한 냄새를 맡으며 걷자니 허기가 느껴졌지만, 아무것도 먹지 않았다.

나는 야트막한 언덕 위에 올라가 밤을 응시하면서 신발 밑창에 깔린 백리향 향기를 음미했다. 백리향은 바람에 실려 온 한 줌의 흙으로 바위 위에 피어나 있었다. 내 안에서 어떤 변화가 일어나는 중이었고, 나는 점점 더 커지는 심장박동 소리를 들으면서 그 변화를 느꼈다. 말로 표현하기 힘든 감정이었다. 단지 밤과 나만이 알 수 있는.

클레르 남자친구의 이야기는 더 이상 나를 아프게 하지 않았다. 그가 제안한 도전도 두렵지 않았다. 오히려 나는 변하고 있었다. 나는 이런 내 변화를 도교 신자인 수학 선생님에게 알리고 그의 삶의 철학에 대해 대화를 나누고 싶어지기까지 했다.

선생님 말씀이 옳았어요. 이 세상에 영원한 것은 아무것도 없어요. 모든 것이 변하죠. 하지만 그건 하나의 기회예요…… 저한테는요.

나는 헥토르의 도전에 전념하기로 했다. 포도밭 사이에 있는 언덕을 내려오면서 나는 왜 내가 이런 결심을 했는지 자문했다.

이유는 간단했다.

헥토르에게 나는 전혀 중요하지 않았다. 만일 내가 실패한다면, 그는 내 허술한 변명 같은 건 듣지도 않을 것이다. 하지만 나를 사랑하는 사람들은 그렇지 않을 것이다. 부모님, 할머니, 클레르, 카렌…… 이들이 나를 변화시키는 데 실패한 이유가 바로 헥토르가 성공할 수도 있는 이유와 동일했다. 우리를 사랑하는 사람들의 문제는 그들이 우리에게 모질게 굴지 못한다는 데 있다. 그들은 우리에게 변명할 여지를 남겨 주고, 고통을 주고 싶어 하지 않으며, 삶으로부터 우리를 보호해 준다. 하지만 삶은 냉정하다. 살아가다 보면 한 치의 변명도 용납이 안 되고 아무도 우리의 사정을 봐주지 않는 잔인한 면모를 맞닥뜨리게 된다. 결과는? 그들의 애정이 우리에게 도움이 되지 않는다는 것이다.

물론 늘 그런 것은 아니지만.

지난 3~4년간 나는 나 자신을 바꾸는 행동을 취하기를 거부했다.

위기감을 느끼지 않았기 때문이다. 나는 온실 속의 화초처럼 보호받고 있었다. 하지만 이제 달라져야 했다. 나 자신을 뛰어넘어야 했다. 헥토르가 제안한 도전에 정면으로 맞서야 했다.

이게 내가 그의 도전을 받아들인 이유다. 별빛 아래 포도밭에서 나는 찬 밤공기를 폐 깊숙한 곳까지 들이마셨다. 산소는 내게 현기증과 허기를 느끼게 했지만, 공기를 마신다고 살이 찌진 않는다. 새벽 1시였다. 나는 시계를 바라보면서 결심했다. 그리고 오두막을 향해 뛰어갔다. 몇 분 동안 나는 가방을 챙기고 그동안 머물렀던 오두막을 정리했다. 청소를 다 마치고 열쇠로 문을 잠근 후, 나무 더미 뒤에 둔 자전거를 가지러 갔다.

나는 밤도 고독도 두렵지 않았다. 황무지에서 울리는 조그만 벌레 소리가 내가 문명 세계로 귀환하는 길에 동행했다. 흙길에 접어들기 전 자전거 타이어 상태와 전등을 점검한 뒤에, 집을 향해 힘차게 페달을 밟았다. 15분 만에 나는 집에 도착했고, 부모님이 주무시는지 확인하기 위해 창문을 올려다봤다. 부모님 방의 창문은 불이 꺼져 있었지만, 이웃 클레망의 창문에는 불이 환하게 밝혀 있었다. 그는 불면증이 있는 게 분명하다. 상상도 못 할 일이었지만…… 아무튼. 아파트 현관으로 들어서자 내가 가출한 뒤 부모님의 심정이 어땠을지가 떠올랐다. 하지만 어쩔 수 없는 일이었다……

엘리베이터 안에서 5일간 꺼 두었던 휴대전화 전원을 켰다. 휴대전화 화면에 불이 들어왔던 게 까마득한 옛일처럼 느껴졌다. 어마어마한 양의 부재중 전화와 메시지가 쓰나미처럼 덮쳐 왔다! 순간 나는 기분이 한껏 고무되었다. 이 엄청난 양의 신호가 나에 대한 관심의 표시라고 생각하자 나 자신이 조금이나마 소중한 사람처럼 느껴졌기 때문이다. 나는 메시지의 물결 속에서 에리크의 문자를 발견했다.

"라이트 콜라 마실래?"

30분 전에 온 문자였다. 에리크도 자지 않고 있었다. 나는 그가 어떻게 내가 집에 돌아왔는지를 아는지, 또 어떻게 지금 이 순간 내게 이런 제의를 해도 되는지를 아는지 애써 알아내려 하지 않았다. 집으로 올라가는 엘리베이터 안에서 기쁨으로 가슴이 터질 지경이었다.

27

이윽고 엘리베이터가 우리 층에서 멈추고 문이 열려 불빛이 어두운 복도를 비추었을 때, 나는 곧바로 닫힘 버튼을 눌렀다. 1층으로 내려가면서 에리크에게 문자를 보냈다.

"깨 있어?"

"너 어디야?"

"우리 아파트 1층에서 기다릴게."

"거기서 봐. 콜라 가지고 갈게."

5분 뒤 내 눈앞에 나타난 에리크는 내가 좋아하는 후드티를 입고 후드를 눌러쓰고 있었다. 우리는 스치듯 볼에 입맞춤을 했고, 그는 내게 콜라를 건넸다.

"너의 귀환을 환영하며 건배! 잘 지냈어?"

나는 아무 대답도 하지 않고 콜라를 마시면서 머리 위 새까만 밤하늘을 올려다봤다. 에리크에게 이렇게 다시 얼굴을 보게 되어 기쁘다고 말하고 싶었다. 하지만 도대체 어떻게 이 상황이 다시 가능해졌을까? 나는 곧 묻지도 않은 이 질문에 대한 답을 들었다.

"헥토르가 네 메시지 전해 줬어."

나는 얼굴이 달아오르는 걸 느꼈지만, 희미한 가로등 불빛 아래서 에리크는 눈치채지 못했을 게 분명했다.

"헥토르가 뭐라고 했는데?"

내가 꿈을 꾸는 것인지, 내 목소리는 약간 떨리고 있었다. 에리크는 곧 뭔가 굉장한 이야기라도 전할 듯 나를 보고 미소 지었다. 그 순간 그는 정말 사랑스러웠다.

"걔가 뭐라고 했냐면 말이지…… 네가 내 생각을 하고 있다고, 그리고 네가 나를 보고 싶어 하지만 내게 어떻게 그 말을 전해야 할지 모른다고 했어."

그 순간 나는 얼굴이 새빨개진 채 머릿속으로 외쳤다. '헥토르, 이런 제기랄!' 하지만 헥토르는 거짓을 말하지 않았다. 내 말을 과장하지도 축소하지도 않고, 내 심정을 있는 그대로 정확히 요약해서 에리크에게 전달한 것뿐이었다.

"맞게 얘기한 거야." 내가 고백했다.

에리크는 커다란 케이크 앞에서 흥분한 어린아이 같은 모습이었다. 그는 내 손을 잡고 마치 10만 볼트에 연결된 물리치료사라도 된 듯 내 손을 주물렀다.

"나도 네 생각 했어. 지난번에 네가 나를 거부해서 정말 화가 났었지만…… 네 심정을 이해할 수 있었어."

"어떻게 이해해?"

"하지만 네 논리는 맞지 않아. 기다리는 거? 그건 어리석어. 사스키아, 네가 좋아하는 문장으로 말해 볼게. 요약하자면 '삶은 지금이지 내일이 아니다'."

"그걸 기억해? 현재만이 유일하게 우리가 소유한 순간이다. 틱낫한 스님의 말씀. 맞아, 과거는 이미 지나갔고 미래는 언젠가 우리 각자에게 불행한 끝으로 닥칠 거야."

"멋져! 널 다시 보게 되어 너무 좋아……"

"에리크, 나는 이 교훈을 내 삶에 적용하기는 어려웠어. 내 콤플렉스 때문에……"

"나도 알아. 하지만 넌 예뻐, 사스키아."

그러고선 에리크는 지붕 위에 떠 있는 보름달을 쳐다보았다.

"저 달처럼 동글고 예쁘지. 아무도 너한테 그 얘기 안 했어?"

"너 혹시 뚱뚱한 여자랑 데이트하면 만질 곳이 더 많아서 좋다고 생각하는 그런 변태는 아니겠지?"

나는 제대로 생각도 하지 않고 이런 말을 내뱉어 버렸다.

"뭐라고? 너 말 심하게 한다. 나 변태 아니야……"

"미안해, 에리크. 내가 사람들 생각을 왜곡하는 경향이 있는 것 같아."

"사람 완전히 잘못 봤어."

"미안해…… 용서해 줄래?"

에리크가 다시 내 손을 만졌다. 그의 손에서 전해지는 열기가 점점 더 뜨거워졌다. 나는 그의 손을 놓고 그의 후드를 젖히고는 그의 머리카락을 쓰다듬었다. 아주 오래전부터 이렇게 해 보고 싶었다. 에리크는 약간 당황하다가 내게 말했다.

"나 지금 너한테 키스하고 싶어. 내일 말고, 너 날씬해진 다음에 말고 지금. 오직 현재만이 존재하는 거야…… 기억해."

나는 바로 답했다.

"좋아."

놀란 그가 말을 이었다.

"가자. 내가 조용한 데 알아. 여기는 너희 부모님이 볼 수도 있잖아…… 그리고 네 이웃이 아직도 안 자는 것 같다. 그가 우리를 감시하는 중이라면 오늘은 뭔가 고자질할 거리를 건질 수도 있어."

나는 손으로 입을 막고 웃었다. 이 시간에 동네 사람들을 다 깨우면 안 되니까.

"클레망? 그 사람은 어쩌면 잠잘 때 깜깜한 걸 무서워하는지도 몰라."

나는 콜라를 다 마시고 다시 한 번 밤하늘을 올려다보았다. 깊이를 알 수 없는 하늘에 빨려 들어갈 것만 같았다. 그때, 에리크가 자기 방 창문 뒤에서 우리를 엿보는 클레망을 알아본 모양이었다. 일 초 후, 클레망의 방에 불이 꺼졌다. 마치 자기가 밤에 안 자고 다른 사람들의 삶을 엿보고 있다는 사실을 들킬까 봐 두려워하는 듯. 구름이 낀 하늘 아래서 나는 에리크와 깍지를 끼어 손을 잡고 함께 걸었다.

"부모님이 친구분 댁에서 주무시고 오실 거라서 집이 비어 있어."

생각만으로도 나는 몸에 전기가 통하는 것 같았다. 내 눈에 에리크는 완벽했다. 외모도 멋졌다. 그가 나를 만지더라도 긴장하지 않고 내가 누구인지 잊을 수만 있다면, 내 늘어진 살들을 잊을 수만 있

166

다면 얼마나 좋을까……

　우리가 새 음료를 한 캔씩 들고 그의 침대에 앉았을 때, 에리크는 내 머리 위쪽 선반에 있던 펜을 집으려 내 쪽으로 몸을 기울였다. 그때 우리 사이에 진짜 전기가 통하는 듯했다. 나는 지난번처럼 저항할 수도 있었지만, 이번에는 내 가슴속에서 무언가가 움직였다.

　나는 달라졌다.

　아직 날씬해지지는 않았지만 나는 예전과 달랐다.

　이런 기분을 느낀 것은 처음이었다.

　내 첫 키스였다.

　나는 한순간도 클레르와 함께 웃어 대던 지저분한 키스를 생각하지 않았다. 에리크는 내게 두려워하거나 주저할 시간을 주지 않을 정도로 빨랐다…… 그리고 어디를 만지면 내가 싫어할지를 알고 있었다. 내 두려움을 알아차렸던 것이다. 그는 펜 뚜껑을 열지 않은 채 자신의 손바닥에 **사스키아**라고 썼고 내 손바닥에 **에리크**라고 썼다. 만일 그게 다른 상황이었고 또 상대가 에리크가 아니었다면 이런 행동을 유치하다고 생각했겠지만, 그와 함께라면 모든 것이 아름다웠다. 아주 작은 움직임에도 감정이 차올랐다. 그는 정확히 내 심장에 큐피드의 화살을 꽂았다. 그런 뒤에 우리는 마치 세상의 종말이 코앞에 닥치기라도 한 듯 서로를 끌어안았다. 5분쯤이 지나고 그가 중얼거렸다.

"와…… 이번에는 정말 대단했는데."

예상치 못했던 에리크의 말에 나는 웃음을 터뜨렸고, 그도 나를 따라 웃었다. 우리는 웃으면서 다시 키스를 했다. 그 키스는 정말 뜨겁고, 뜨겁고, 또 뜨거웠다! 한 번도 느껴 본 적 없는 짜릿함이었다.

첫 번째……

나는 나 자신에게서 벗어나려고 애쓰지 않았다. 나, 조그만 통통이. 나는 내 팔로 그의 어깨를 감쌌다. 그는 마치 내 팔을 먹기라도 하려는 것처럼 팔에다 입을 맞추었다. 그리고 우리는 그의 이불을 함께 덮고 누웠다. 그때 나는 내 몸이 단지 수치스러운 것만은 아니라는 사실을 깨달았다. 에리크는 내 있는 그대로의 모습을 받아들여 주었다.

나는 받아들여졌고, 바뀌었다.

여태껏 키스의 물리적인 측면에 대해서는 생각해 본 적이 없었다. 당연하지, 직접 경험해 보는 것보다 더 좋은 방법은 없어, 할머니는 늘 말씀하셨다. 키스의 경험은 정말 엄청났다. 그래서 나는 에리크와 더욱더 키스에 열중했다. 더 이상의 묘사는 안 하려 한다. 사실 가장 중요한 일은 우리 머릿속에서 일어나고 있었다. 우리는 몇 년간 함께 등하교를 해 온 덕분에 서로에 대해서 잘 알고 있었다.

에리크는 내가 좋아하는 벤자민 비올레의 음악을 틀었다. 우리는 이어폰을 하나씩 나눠 끼고 이마를 맞대고 눈을 감은 채 서로의 가슴속 울림에 귀를 기울였다. 그리고 나직이 그 노래를 따라 불렀다.

평야를 걷고 있는 우리 발걸음, 서로 멀어지는 것을 견디기 힘들어…… 아무것도 후회하지 마. 이리 와서 함께 날아가자…… 아무것도 후회하지 마.

우리는 동이 틀 때까지 함께 얘기했다. 서로의 이야기가 급류처럼 쏟아졌다. 에리크는 내 실종 이후, 감사단에서 우리 고등학교의 교내 폭력에 대해 어떤 긴급 조치를 취했는지 알려 주었다. 케빈과 마티아스는 교내 폭력 가해자로 지목되는 것을 피하기 위해 애썼지만 결국 퇴학당했다. 그리고 문학 선생님은 내 대학 입시를 걱정하고 있었다. 수업 도중, 감사단이 우리 부모님과 함께 교실로 들이닥쳐 내 실종에 대한 이야기를 꺼냈을 때 클레르는 울음을 터뜨렸다고 했다. 그리고 카렌은 신경 발작적으로 케빈을 걷어찼다고 했다.

동이 트기 직전에 나는 에리크의 품 안에서 갑자기 부모님 생각이 떠올라 오열을 터뜨렸다. 지난 며칠 밤과 오늘 밤까지 나를 기다리면서 엄마, 아빠가 받았을 고통을 생각했다. 에리크가 나를 진정시키기 위해 내 머리카락을 쓰다듬었지만 소용이 없었다. 에리크는 내가 돌아가야 한다는 것을 깨닫고 내게 속삭였다.

"얼른 부모님한테 가 봐. 부모님을 안심시킨 뒤에…… 다시 돌아와."

오랫동안 바다 생활을 하다가 막 땅에 발을 딛고 비틀거리는 선원처럼 나는 가방을 쌌다. 에리크의 책상 위에는 여전히 내 바비 인형이 놓여 있었다. 엘리베이터가 나를 집어삼키기 전에 그는 내게 속삭였다.

"나 너한테 완전히 반했어, 사스키아……"

에리크가 이어서 다른 말을 몇 마디 더 했던 것 같은데, 문이 닫히는 바람에 내려가는 엘리베이터 안에서 나는 혼자 대답했다.

"나도 그래."

그에게는 말하지 않은 채로. 머릿속 어딘가에 있는 비밀 공간에, 혹은 우리 내면 깊숙한 곳에 이 폭발할 듯한 감정을 봉해 두려고…… 언젠가 우리가 진정으로 그것을 표현하고 세상을 바꿀 수 있을 때까지…… 어쩌면.

28

석 달이 흘렀다. 여름은 어땠냐고? 자세히 설명할 순 없지만 꼭 꿈결처럼 순식간에 지나갔다. 나는 막 포르크롤섬에서 에리크와 그의 친구 리암과 함께 내 열아홉 번째 생일을 축하했다. 나는 바르 지방을 정말 사랑한다. 우리는 거기서 산악자전거를 타고, 사람들을 피해 등대 근처에서 피크닉을 즐기고, 맑은 물에서 수영도 했다. 그러고 밤이 되기 전에 시내로 돌아왔다. 올겨울에 이곳을 다시 찾을 계획이다. 1월이면 에리크도 열아홉 살이 되기 때문이다. 그때는 오늘 밤 열릴 헥토르네 파티처럼 근사한 파티를 열 거다. 우리 파티의 테마는 아마도 '겨울은 죽었다' 정도가 될 것 같다. 그 파티 전에 오늘 밤 헥토르네 집에서 열리는 '겨울이 오고 있다' 파티가 우리를 기다리고 있다. 클레르는 헥토르의 파티 준비를 도우러 이미 그곳에 가 있다.

몇 분 뒤에 우리도 그곳으로 출발할 예정이다.

겨울이 오고 있다……

나는 이제 다른 이들의 시선이 두렵지 않다. 나는 그 시선을 있는 그대로 받아들이기로 했다. 그리고 그것에 정면으로 맞설 준비가 되어 있다.

29

상황을 요약하자면 며칠 뒤 우리는 고등학교 졸업반이 된다. 이제 태평한 시절도, 파티의 나날도, 그리고 학교에 가지 않고 아침까지 흠뻑 음악에 빠져 뒹구는 시간도 끝이다. 대입 예비 시험 문학 과목에서는 우리 모두가 괜찮은 점수를 받았다. 독서는 누군가의 고통을 치유하는 데에만 쓰이지는 않는다. 부모님으로 말할 것 같으면, 내 실종 사건 이후 퇴근 후에 일찍 귀가하려고 노력한다. 엄마 화실이나 아빠 사무실에서 몰래 식전주를 마시던 일은 이제 끝이다. 부모님이 청소년이었던 건 먼 지난 세기의 일이었기 때문에 두 분은 나를 완전히 이해하지는 못한다. 하지만 나는 나를 돌보려는 부모님의 노력을 이해하고 있다. 비록 서툴러서 말로 표현하지 못하더라도 나는 엄마, 아빠를 사랑한다. 아빠는 내가 듣는 음악을 따라 듣기 시작했는데 특히 벤자민 비올레를 즐겨 듣는다. 다시 나를 잃지 않고 내 세계를 이해하기 위해서다. 아무튼 아빠의 말은 그렇다…… 나는 아빠에게 어기대지 않고 그렇게 하도록 내버려 두었다. 그리고 나 역시도 내 쪽에서 해야 할 노력을 기꺼이 할 준비가 되었다. 내 실종 사건을 가지고 부모님은 나를 벌주지도, 이상한 아이로 취급하지도 않았다. 두 분은 죄책감을 느끼고 있었다. 나는 부모님에게 당신들 잘못이 아니라고 설명했지만, 부모님은 심리 상담을 받고서야 그 사실을 받아들였다.

30

석 달 전 에리크네 집에서 첫 키스를 한 다음 날, 나는 헥토르의 제안에 도전하기 위한 준비 작업에 착수했다. 나는 단호했고, 에너지로 충만했다. 모든 주전부리를 끊었고, 타마라의 파프리카칩과 동네에 있는 줄리의 꿈 빵집의 케이크도 거부했다. 그리고 내 비밀 저장고였던 책장 뒤 빈 공간에 또다시 과자를 숨길 유혹을 받지 않기 위해 그곳을 신문지로 가득 채웠다. 탄산음료도 끊었다. 또한 영양사가 만들어 준 식단에 따라 음식을 섭취했다. 처음에는 고통이 따랐다. 힘들고 절망적이었지만, 나는 고집이 세고 한번 결정하면 아무도 나를 못 말린다. 일주일에 세 번 양궁 수업도 다시 시작했다. 또 매일 저녁 아파트 꼭대기 층에 있는 헬스클럽에서 조금씩 어둠에 잠겨 가는 도시를 바라보면서 운동을 했다. 거의 지옥 훈련에 돌입했다고 봐도 좋을 정도였다. 나는 의욕에 차 있었고, 그건 헥토르가 제안한 도전 때문만은 아니었다. 에리크가 의도한 건 아니었지만, 그의 존재 자체가 내게 의욕을 부여했다. 에리크는 내게 자신감을 불어넣었다.

초반에는 내 몸이 내 노력에 화답했고 살이 빠졌다. 하지만 6킬로그램이 빠진 뒤 체중계는 더 이상 꼼짝도 하지 않았고, 나는 몹시 당황했다. 의사가 몇 가지 검사를 하더니 내 갑상선에 어떤 문제가 있다고 했다. 갑상선이라니, 우리 반 아이들의 절반 이상은 그 단어를 처음 들어 봤을 거다. 여하튼, 나 역시도 처음 들어 본 단어다. 나는 결국 내분비과(이 역시 들어 보지 못한 단어였다)까지 찾아가야 했다. 혈액검사 결과로 나는 갑상선기능저하증 진단을 받았다. 간단히 이야기하자면, 신진대사를 관장하는 호르몬이 제대로 작동하지 않아서 체중과 그 외의 것들을…… 내 경우에는 변화시키기 어려웠다.

이건 뜻밖의 재난이었지만 이로써 내가 살이 찐 원인이 부모님이 아니란 사실도 밝혀졌다.

자연이 나를 동글게 만든 거였다. 달처럼 동글게.

31

나는 노력을 멈추지 않았다. 어느새 새로운 생활 방식에 익숙해졌고 애써 뺀 6킬로그램을 다시 찌우고 싶지 않았다. 그래도 여전히 조금 통통했지만 그 사실을 그냥 받아들였다. 심지어 선명하게 보기 위해 안경까지 쓰기 시작했다. 이제 지평선도 뚜렷하게 보인다.

여기에도 에리크의 기여가 컸다.

나는 이제 내 몸이 순전히 내 의지로 변하는 게 아니라는 사실을 알게 되었다. 내 몸은 내가 명령을 내릴 수 있는 대상이 아니었다. 전문가들은 내게 확답하기를 꺼렸지만, 나는 어쩌면 앞으로도 결코 날씬해질 수 없을지 모른다는 사실, 나아가 내 한계를 받아들이고 지금의 몸에 적응해야 한다는 사실을 깨달았다.

그리고 이런 나 자신을 받아들여야 한다는 사실도.

이 사실을 알게 됐을 때 나는 충격을 받지 않았다. 놀랍게도 오히려 왠지 해방된 기분이 들었다. 나는 내가 생각했던 것처럼 닥치는 대로 먹어 치우는 괴물이 아니었던 것이다. 그동안 나를 사로잡았던 죄책감에서 벗어나 비로소 숨을 쉴 수 있었다.

어제 의사를 만나고 나왔을 때였다. 병원 바로 옆에 있는 카페 르브리강('불한당'이라는 뜻—옮긴이)에 에리크, 카렌, 로리안과 그녀의 남자친구, 르노, 리암, 히데토시, 그리고 클레르가 다 함께 둘러앉아 있었다. 이곳에서는 자주 괜찮은 켈틱 록 음악이 흘러나왔고 벽에는 1960년대 전설적 록 밴드의 포스터가 붙어 있었다. 태곳적이나 마찬가지인 시대 말이다. 우리는 르노의 소개로 얼마 전부터 이곳에서 모이기 시작했다. 입시를 준비하던 졸업반 르노는 곧 대학 입학을 앞두고 우리에게 학교신문 일을 맡겼다. 그가 그리울 테지만, 우리는 바로 이곳 르브리강에서 앞으로도 계속 만날 것이다.

내 친구들은 구석에 있는 가장 큰 테이블에 앉아서 나를 기다리며 커피를 마시고 있었다. 카페에서는 플러시보의 "내 컴퓨터는 내가 게이라고 생각해"*가 흘러나오고 있었다. 이 노래를 잘 아는 에리크는 가사를 흥얼거렸다. 카페로 들어선 나 역시 친구들이 자리한 구석 테이블로 걸어가면서 노래를 흥얼거렸다.

결국 뭐가 달라?

나를 짓누르고 있던 무게가 내 어깨에서, 내 배에서, 그리고 내 삶에서 떨어져 나갔다. 나는 내가 어떤 사람이었는지를 깨달았다. 그리고 내게 친구들이 있다는 것도. 그들은 여기, 내 눈앞에, 그들의 의지로 기꺼이 실제로 존재했다. 친구들이 있는 테이블에 도착한 나는 건강 검진표를 흔들며 미소 지었다.

"잘 안 될 듯해. 내 체질은 지옥 훈련을 해도 다음 세기가 되기 전에는 날씬해지기 어렵대."

에리크가 내 말에 바로 답했다.

"우린 전혀 신경 안 써, 안 그래? 넌 지금도 예뻐."

＊플러시보의 앨범〈Loud Like Love〉(2013) 중〈Too Many Friends〉의 가사.

에리크는 이제 막 큰 소리로 모두 앞에서 이렇게 말했다. 남자친구에게 사랑의 눈빛을 보내는 내 앞에서 다른 친구들이 한술 더 떠서 말했다.

"당연하지, 사스키아. 예전부터 내가 그렇게 얘기했잖아."

"그래."

그리고 르노가 덧붙였다.

"개인적으로 나는 통통한 여자애가 좋더라. 왜 그런지는 잘 모르겠지만 나는 그래."

결론은? 이 대화를 급히 중단시켜야 했다.

"그만! 너희 또다시 나를 온실 속 화초처럼 보호하려는 건 아니겠지. 너희가 그렇게 찬사를 보내지 않아도 나 혼자 충분히 이겨 낼 수 있다고. 너희는 그냥 여기 있으면 돼. 내게는 너희와의 우정이 정말로 소중하니까. 잘 기억해 둬. 이런 심경 고백은 자주 들을 수 있는 게 아니야."

그리고 우리는 한참을 웃었지만 사실 마음속 깊은 곳에서는 단지…… 이 순간이 너무 소중했다. 그리고 나는 다음 날 열릴 헥토르네 파티를 생각했다. 석 달 전 내가 가출했을 때 그가 내게 제안했던 도전도.

내가 이겼냐고? 물론 나는 체중을 감량했다. 그건 확실하다. 하지만……

……나는 답을 깨달았다. 나무에서 수액이 흘러나오듯 내 안에서 그 답이 솟아오르는 것을 느꼈다. 이 세상의 모든 이는 제각기 다르다. 모두가 허점이 있고, 계산이 틀리기도 하며, 막연한 완벽성을 지니기도 한다. 나 역시도 그랬다. 뚱뚱하고, 작고, 왜소하고, 마르고, 소심하고, 쓸쓸하고…… 그런 우리 모두는 어느 날 우리를 사랑하는 사람을 만나고, 또 우리를 싫어하거나, 부러워하거나, 감시하거나, 보고 싶어 하거나, 비웃거나, 받아들여 주는 이들을 만난다…… 우리의 결점은 우리의 삶과 그 삶이 품은 모든 것을 맞이하는 데 방해가 되지 않는다. 그렇기에 우리는 늘 더 나아지고자 노력할 수 있다. 더 날씬해지고, 아름다워지고, 위대해지고, 기발해지고자…… 스스로 만들어 낸 이미지로 다른 이들이 우리를 알아 가는 걸 방해해서는 안 된다. 한 사람의 진면모는 겉으로 보이는 모습과 전혀 다를 수도 있기 때문이다. 예를 들면? 내 이웃.

커피를 마시면서 나는 친구들에게 큰 목소리로 이어서 말했다.

"너희 모두 클레망이 스스로 완벽한 이미지를 만들고 있는 거 잘 알지? 그의 겉모습은 나무랄 데 없이 완벽하지. 잘생겼지, 운동 잘하지, 옷도 잘 입지, 친절하지…… 하지만 그거 알아? 그 모습 뒤, 혼자 있는 그는 전혀 다른 모습이라는 거. (나한테 그걸 어떻게 아느냐고 묻지 마……) 불면증이 있는 클레망은 자기 방 창문 뒤에 몸을 숨긴 채, 늘 슬프고 외롭게 다른 이들의 삶을 염탐하고 있다는 거. 많은 여자애들이 그의 꿈을 꾸지만 그 사실이 그를 돕지는 못한다는 거. 그렇다면 그의 겉모습이 다 무슨 소용일까?"

"……"

"아무튼 그렇다는 얘기야. 대단한 건 아니고."

나는 이야기를 하는 자신이 혹시라도 우스워지지는 않을까 하는 걱정 없이, 하고 싶은 말을 마음껏 하는 경지에는 아직 도달하지 못했다. 하지만 한편으론 모두가 읽을 수 있도록 메릴린 먼로의 말을 새긴 티셔츠를 주문 제작해 입고 있었다. 나는 의사의 진단서를 가방에 넣었다.

몇몇은 나보고 철학자 같다며 철학 수업을 들으면 선생님이 놀랄 거라고 했다. 그 얘기가 너무 웃겨서 나는 웃음을 터뜨렸고, 친구들도 따라 웃었다. 우리는 정신이 멀쩡했지만 마치 술에라도 취한 것처럼 건들거리면서 카페를 나왔다. 그건 바로 **영원한 청춘** 효과였다. 이 순간이 영원할 것만 같은 기분을 우리는 성인이 되기 직전 모두 함께 느꼈다. 이 시절은 단지 한 계절이었다. 여태껏 수많은 삶의 굴곡을 지나 온 할머니 말씀에 따르면 단 하룻저녁일지도 모른다. 그러나 그 순간만큼은 우리 안에서 뭔가가 폭발하는 완벽한 시간이었고, 영원히 기억될 현재였다. 그러므로 남은 시간이 줄어들기 전에 이 순간을 제대로 만끽해야 했다.

왜냐하면 아무것도 영원하지 않으니까.

카페를 나오면서 에리크와 나는 다른 친구들과 조금 떨어져 걸었다. 우리는 이런 감정에 휩싸여 둘이 꼭 안고 있었다.

영원한 청춘.

황홀했다. 이건 환상일까? 확실하다. 하지만 우리는 그 순간을 만끽하며 숨 쉬고 있었다.

내일 저녁, 우리를 기다리는 헥토르의 파티에서 또다시 통통이를 공격하는 찡그린 얼굴의 냉혈한들을 마주칠지도 모른다. 그러나 나는 이제 막 내 누에고치에서 벗어났기에 더 이상 나를 뚱뚱한 애벌

레 취급하는 이들이 두렵지 않다. 나는 그들과 마주할 준비가 되어 있었다. 나를 신뢰하는 이들이 그동안 내가 생각해 왔던 것과 전혀 다른 내 모습을 일깨워 주었다. 훨씬 더 섬세하고 아름다운 모습을.

그리고 바로 그 모습이 내가 원하던 모습이다.

나는 달라졌고, 이제 막 활주로에서 이륙할 준비를 하고 있었다.

에리크와 나는 현재 서로 꼭 붙어서, 아무도 침범할 수 없는 사이가 되었다. **영원한 청춘**…… 더 이상 진실할 수 없는 순간이었다.